시인은 지구에서 어떻게 숨 쉬는가

박덕규 문학인터뷰

시인은 지구에서 어떻게 숨 쉬는가

개미

고독한 연대의 말과 삶과 시의 향연

이 책은 한국 시사의 '고독한 연대'라 할 수 있는 1990년대에 등단한 시인들이 어떻게 '시'로 세상을 견뎌 새로운 연대의 현장에서 저마다 굳건한 자기 자리를 형성했는가를 그들 시와 삶의 이력을 통해 조명하려는 취지에서 집필한 것이다. 인터뷰를 중심으로 하고 있지만 시인의 말과 시인의 삶과 시인의 시를 '스토리텔링'해 하나하나의 담론으로 구축하는 과정이 만만치 않았다.

1990년대 시는 이전의 서정과 저항으로 집적해온 문학사를 바탕으로 해체로 뒤틀고 직설로 토로하며 시의 시대를 열어온 1980년대에 비해 할 말은 많아졌으나 하는 말마다 특별한 무게감을 얻지 못했다고 할 수 있다. 사회주의 체제의 와해로 글로벌 자본이 세계를 지배하게 된 국제사회의 변동으로 시작돼 '밀레니엄 버그'로 표상되는 세기 전환의 두려움과 기대감이 범벅이

되는 상황에서 문학의 지위는 날로 위축되는 느낌이었다. 게다가 인류사회의 가장 유효한 소통 매체인 종이책이 시청각매체에 문화적 주도권을 빼앗기면서 '문학위기설'마저 유포되고 있었다. 후일담소설, 페미니즘, 정신주의 같은 주제로 문학논쟁이 일기도 했지만 대개는 문학 장 안의 자잘한 소요처럼 비칠 정도였다. 언제나 그런 거지만 대중의 관심을 모은 문학 화제는 당시 인기를 구가한 몇몇 소설을 향하고 있었다.

그런 연대에 시를 발표하기 시작한 시인들은 그래서 고독했다. 집단화된 가치를 드러내지 않아서 그만큼 자유로웠고 따라서 혼자 우뚝 빛난 시인들도 있긴 했으나 대체로 등단하자마자 소외되는 기분이 남달랐다고 할 수 있다. 이제 세월이 꽤 흘렀는데 어느새 시단의 전선은 2000년대 산 시인들이 점유해 버렸다. 위로부터 눌리고 아래로부터 떠밀린 거라 할까. 이런 중에도 제 목소리로 지탱해온 그들 1990년대 산 시인들은 그러나 치열했다. 그들 각각은 단순한 세대적 의미를 넘어 2000년대 시인들의 선도적인 개성이자 선험적 동행자로 살아남았다.

이제는 이들 없이 1990년대는 물론이고 21세기 이후의 시사를 말하기 어려워졌지만, 바로 이렇게 되어온 과정은 보다 특별히 조명할 필요가 있다고 생각했다. 나는 1980년 이후 40년 동안 이런저런 장르를 기웃거리며 변죽만 울려온 처지지만, 어쩌면 나 같은 경험에서라야 겉과 속, 좌와 우를 오가며 그 맥락을 어렴풋이나마 그려낼 수 있지 않을까 하고 욕심을 내봤다.

2017년 한 지면(『시인동네』)에 '시인은 무엇으로 사는가' 라는 제목으로 연재를 시작할 때는 2000년 시의 중심으로 가는 과정으로서 1990년대 시 전반을 읽겠다는 욕심까지 있기는 했으나 곧 역부족이라는 것을 깨달았다. 21세기 산 시인들과는 대화할 수 없겠다는 자각을 한 것도 수확이라면 보통 수확은 아니다 싶다. 대신 발견한 것이 있다면, 동시대 시인으로서 해외에서 활동하는 한인 시인들의 시와 삶이었다. 연재 지면을 다른 쪽(『문학에 스프리』)으로 옮겨 집필하면서, 그들의 혼돈과 치열함으로부터 우리 문학을 글로벌사회다운 감각으로 새롭게 봐야 한다는 자성을 얻기도 했다.

대상이 된 시인은 연재 순서대로 이홍섭, 이진명, 이정록, 이원, 박정대, 복효근, 곽효환, 고현혜, 이규리, 김오, 임혜신이고, 그리고 연재를 시작할 때부터 염두에 둔 최정례를 이 책을 실제 준비하면서 보태 모두 12인이 됐다. 지면이 이어졌다면 꼭 넣고 싶은 몇 시인이 있었으나 다른 기회를 기다리기로 했다.

이 가운데 이홍섭(강릉), 이정록(천안), 복효근(전주), 이규리(대구), 고현혜(미국 로스앤젤리스) 등은 연고지를 방문해 인터뷰를 진행했고, 김오(호주 시드니)와 임혜신(미국 플로리다)은 한국 방문 때 여러 차례 만나 많은 대화를 했다. 서울에 사는 이진명(부암동 길), 이원(신사동 애플스토어 직영점 근처), 박정대(홍대 앞), 곽효환(광화문 네거리) 등도 작품이나 삶의 배경이 되는 곳에서 만났고, 와병 중인 최정례와는 이메일과 SNS 등으로 교신했다. 사진도 되도록 만난 현장에서 찍은 것을 넣었으나 화질을 고려해 시인이 제공한 것을 사용하기도 했다.

처음 원고를 보완하면서 코로나19로 전 인류가 어려움을 겪고 있는 현실에 대한 소회도 받아 2020년 12월 현재의 근황까지 넣었다. 작품 외에 사적인 이력과 일상이 구체적으로 드러나는 것에 불편함이 없지 않았을 터인데 기꺼이 진솔한 '삶과 느낌'을 들려주신 시인들께 감사드린다. 이들의 건강한 독자로 오래 함께 하고 싶다.

2020년 12월
박덕규

시인은 지구에서 어떻게 숨 쉬는가
차례

좋은 시는
바닥을 치는 시야, 그지?"
— 이홍섭, 「모래무지」에서

이홍섭 1965년 정선에서 나고 초등학교 5학년 때부터 강릉에서 살았다(본적이 강릉으로 등재돼 있어 그동안에는 강릉에서 출생한 걸로 써왔다). 미술에 재능이 있어서 한때 화가가 되려 했으나 고등학교 때 이른바 '시마(詩魔)'가 들어 문학의 길로 들어섰다. 군대를 다녀와 강릉대(현 강릉원주대) 국문과 3학년 때인 1990년『현대시세계』제1회 신인상으로 등단. 이후『시운동』후기 동인들과 교유했다.『강원일보』기자를 거쳐 백담사에서 무산스님을 시봉하면서 불교 소식지 등을 만들며 지냈다. 경희대 대학원에서 석사를 취득하고 동국대 대학원에서 박사를 수료했다. 1998년 첫시집『강릉, 프라하, 함흥』을 시작으로『숨결』,『가도가도 서쪽인 당신』,『터미널』,『검은 돌을 삼키다』등을 냈다. 유심작품상, 현대불교문학상 등 수상. 2000년『문화일보』신춘문예 평론 당선으로 문학평론을 아울러 했다.

고향에서 '건달'로 살기
— 강릉에서 이홍섭을 만나다

1. 그 고향의 시인을 찾아가다

우리 시사에서 1990년이라는 연도를 떠올리자 경향 각지의 시인들이 나오는데 그중 한 사람이 강릉의 이홍섭이다. 이건 그냥 강릉 시인이라는 얘기가 아니다. 그럴 거면 찾지도 않았다. 이홍섭은 강릉이라는 지방을 대표할 수 있는 시인임에 틀림없지만 그 지방의 특색을 정감 있게 노래하는 지방 시인이 결코 아니다. 등단 직후 이력이 짧던 청년기에 "카프카는/ 살아서 프라하를 떠나지 않았다"(「강릉, 프라하, 함흥」)라 한 당돌한 전언에서부터 조짐을 보이더니 역시 그랬다. 이홍섭은 강릉 시인이되 강릉이라는 고향에 뿌리내린 토호 시인이 아닌, 자신의 표현대로라면 '강릉을 살되 강릉을 버린 시인'이다.

— 고향에 돌아왔으니 이제 고향은 저 멀리 던져버려야겠다

고향에 짐을 푼 첫날 밤, 이 한 구절이 섬광처럼 지나갔으나
계절이 바뀌어도 뒷문장이 이어지지 않는다

나는 아직도 나그네의 고향으로 돌아가지 못했다
　　　　　　　　　　　　　　　　　　—「귀거래, 귀거래」 전문

'고향에 돌아왔으니 고향을 던져버려야겠다'는 역설은 고향에 사는 사람은 물론이요 고향을 떠나 있다 돌아온 사람도 쉽게 할 수 있는 말은 아니다. 이홍섭이 여기 불려나온 게 이런 말을 한 시인이기 때문이라 해도 틀린 게 아니다.

2. 똥 눈 짐승의 창자가 들여다보인다

두 가지 질문을 던져본다. 우선, 1990년 『현대시세계』로 등단해 만만찮은 시적 이력을 쌓아가던 시인으로서 2000년 『문화일보』 신춘문예 평론 당선으로 문학평론가로도 활동하고 오현 스님이 이끄는 백담사의 '만해 본당'과 서울 문단을 오가며 일하다 어째서 고향으로 돌아갈 수밖에 없었나 하는 것. 또 하나는 기왕

고향으로 돌아가면서 고향에 사는 사람들 기분 좋게 고향을 위해 봉사하며 살겠다, 고향에 뼈를 묻겠다 식으로 말하지 않고 '고향을 던지겠다'고 한 까닭이 무얼까 하는 것.

— 강릉에서 자라는 사람들은 대관령을 넘어가고 싶어하고 실제로 그렇게들 한다. 나는 그렇지 않았다. 나는 처음부터 고향을 떠날 생각이 별로 없었다. 내가 태어난 곳은 정선인데 강릉 초당동에 할머니가 계셔서 자주 드나들었다. 본적도 자연스레 강릉이 됐다. 교사이신 아버지를 따라 옮겨 다니며 5학년 때까지 정선의 귤암리와 구절리, 명주의 왕산면 대기리 등에서 살았다. 귤암리는 동강 옆이었고 구절리는 탄광촌이었으며 대기리는 눈이 왔다면 외부와 단절돼 버리기 일쑤인 그런 오지였다. 하루에 버스가 한 대 지나는 곳. 아침에 문 열면 한숨부터 나오는 곳. 그런 오지가 내 속에 내면화됐다고 할 수 있다. 자연이 나하고 하나가 됐다. 자연과 내가 분리가 안 됐다. 그게 품성상에 내게 맞았다. 내가 그것에 맞았다고도 할 수 있다.

'오지가 내 속에 내면화됐다'는 말. 이 말 심상찮다. 오지에서 태어나 오지에서 살다 오지에서 죽는 사람은 없다(고 말할 수 있다). 시장에도 가고 학교도 가는 것이 인생이다. 그러다 관아를 기웃거리며 출셋길도 엿보곤 하는 거다. 그러고 보니 보통의 시골 출신 시인들은 고향을 떠나 못 돌아가기가 대부분이며 따라서 그들의 고향 시에는 지나온 시간에 대한 개입이 제거되고 대개 그 원시적인 시공(時空)의 해맑음에 대한 향수만 남는다. 이홍섭은 다르다.

어머니 손을 꼭 잡고 산마루를 넘는 길. 가도 가도 큰길은 나오지 않고 놀란 꿩만 푸드드득, 푸드드득 날아오르는 깊은 산중이었다. 투정을 부리는 아들을 달래려고 어머니는 나무 그늘을 찾아 주먹밥을 꺼내놓으셨는데, 때마침 삿갓 쓴 스님 한 분이 산길 저쪽에서 걸어오시는 것이었다. 어머니는 얼른 일어나 두 손 모아 합장을 한 뒤 주먹밥 두 덩이를 선뜻 내미셨다. 스님은 삿갓을 푹 눌러 쓴 채 멀찍이 떨어져 앉아 말없이 주먹밥을 다 드셨다. 그리고는 삿갓을 벗어들고 어머니에게 긴 합장을, 어린 나에게는 햇살 같은 미소를 보내는 것이었다. 얼굴이 발그레한 앳된 스님이었다. 스님은 다시 삿갓을 고쳐 쓰고는 이내 산길을 돌아 사라져갔는데, 어린 나에게는 그 길 끝에 피어난 하얀 산목련이 두고두고 안 잊히는 것이었다. 주먹밥은 어디 가고, 주먹만 한 산목련만 남아 펑펑 터지는 것이었다.

―「산목련」 전문

동리가 자신이 쓴 시를 읽어주니 미당이 "꽃이 피면 벙어리도 우는 것을"이라는 표현이 절묘하다며 탄복했는데 동리 왈 "그게

시인은 지구에서 어떻게 숨 쉬는가

근년의 이홍섭

아니라 '꼬집히면 벙어리도 운다'고 쓴 것일세"라고 밝히고 결국 시인되기를 포기했다는 문단 야사가 전해지는바 이는 시와 소설 이 어떻게 다른가를 알려주는 우스갯소리였다. 「산목련」은 어린 날 어머니와 함께 산길을 갈 때 그 스님의 입속으로 들어가버린 주먹밥의 여운을 내세웠다면 산문이 되었을 것이다. 화자의 기억 속에 남은 것은 그 주먹밥이 아니라 어린 스님이 주먹밥을 먹고 떠난 자리에 '펑펑 터지고 있는' 산목련 이미지였다. 주먹밥의 세계가 어느덧 산목련의 세계와 자리를 바꾼 것이다. 실상과 이 미지와의 자리바꿈, 이 자리바꿈으로써 체험이 이미지가 되고 이 미지가 체험을 정서로 살아남게 하는 것, 이게 시의 세계인 것이 다. 자연이 내면화됐다는 이홍섭 자신의 말이 거짓이 아닌 것이 다. "마루에 앉아 먼 산 바라보면/ 한숨부터 나오던/ 명주군 왕산면 대기리// 그것 없이 어떻게/ 강원도 산골짝의/ 고 이쁜 햇빛이며, 바람이며, 구름을/ 한입에/ 삼켜버릴 수 있었으리"(「한숨」)에서처럼 '오지를 삼켜' 버려서 "그 붉은 노을이며/ 한 줄기 연기며/ 떼기러기가/ 이리도 오래 남을 줄이야// 남아서, 이리도 오래/ 한 살림을 차릴 줄이야"(「폐교」)에서처럼 그걸 자기 삶('한 살림')으로 만들어 버린 것이다.

> 길 위에 버려진 똥을 보고 있노라면
> 똥 눈 짐승의 창자가 들여다보인다
> —「시인 이솝 씨의 행방 2」에서

이런 표현을 두고 똥을 보고 몸 상태를 아는 '의사의 눈'을 떠올린다면 그건 산문이다. 내면화된 세계는 설명이 불필요한 세계다. 대상이 내면화되니까 대상과 내가 한몸이 되어 그 몸이 내 몸처럼 들여다보이는 것이다. 고향에 살면서 고향이 내면화돼 점차 그 형상을 얻으니 그 체험의 이미지화, 그 이미지의 정서화가 곧 시가 된다. 여기서 이홍섭만의 서정시가 나온다. 이홍섭은 고향을 떠나서도 그런 내면을 버리지 않았다. 그러니까 고향을 떠났다 끝내 귀향하는 일 또한 지극히 자연스런 일이다.

다음, 오지가 내면화된 사람으로서 그 고향에 돌아오는 것이 필연이라 볼 수 있겠는데 어째서 '고향을 던지겠다'는 거며 그 말은 무슨 뜻인가. 실은 그 말뜻을 모를 리 없다. 고향은 대체로 편안하게 나를 감싸 안지만 그 편안함으로 나를 빨리 늙게 하는 곳이다. 젊었을 때 생각이 그대로 굳어 버리는, 굳어 버림 자체로 퇴보하는 곳이다. 혼자서 그냥 퇴보하면 모르겠지만 그것이 그리 될 수 없는 것이, 고향에 살다가 나이가 들어가면서 내 생각 내 삶이 친구와 이웃과 더불어하게 되고 그것으로 하나의 문화를 이루고 가치를 만들어 고향 분위기를 압도해 버리는 것이다. 세태의 잇속주의는 그 속을 파고들어 대개 고향을 고향 밖보다 더 속되게 하고, 그럴수록 고향은 중앙에 예속돼 버린다. 김승옥의 '무진'에 안개만 자욱하고 고향이 없듯이 그 고향에는 진짜 고향이 없는 것이다.

— 내가 20대 때 지역 선배들을 보면서 저런 면은 배우지 말자 하고 써놓은 게 있다. 고향에 돌아오면서 그 목록을 다시 꺼내 봤다. 처음 5년간은 집에만 있었다. 신경림 시인의 어느 글 각주에서 '좋은 시인은 건달 같은 시인'이라는 표현을 보고 '이거다!'라 생각했다. 건달은 불교용어로 음악의 신 '건달파(乾達婆)', 좋은 음악과 아름다운 향기가 흐르는 '건달바성'에서 나온 말이다. 건달은 건달바성이라는 신기루를 좇는 자다. 가도 가도 끝내 못 가는 그 신기루에 가고 있는 자가 건달이다. 내가 좋아하는 경허 스님도 백석 시인도 건달이었다. 나는 고향에 돌아왔으되 여전히

나그네로 살려고 했다. 강릉에 내 또래는 거의 남아 있지 않다. 위로 10년, 아래로 10년이 공백과 같았다. 그걸 즐기고 살 수 있었다. 그러나 그렇게 살면 시가 죽는다고 생각했다. 진정한 건달은 못되겠지만 공적인 일과 건달 일을 균형 잡고 살려 했다.

이홍섭은 고향에 돌아오고도 "나는 이제 정녕 갈 데 없는 사내가 되었으니/ 참으로 건달이나 되어야겠다"(「갈 데 없는 사내가 되어」)로 노래했다. 육체는 고향에 자리했으되 마음은 나그네가 되어야 했던 거다. 마음이 육체를 따라 고향에 안주하려는 때마다 "의자가 나를 안기 전에 내가 의자를 버릴 것이다"(「나무의자」)라며 스스로를 경계했다. 그래서 '강릉 시인' 이홍섭이 아니라 '강릉에 사는' 시인 이홍섭이 된 것이다.

3. 절밥 10년 터미널 10년

이홍섭에게 신문기자라는 '세속' 이력이 자그마치 5년 가까이 (1992~1995)나 쌓인 것은 의외다. 들어보니 기자 생활도 '건달'로 한 것이 아니라 나중에는 중앙에서 스카우트 제의들이 올 만치 명성을 날렸단다. 시인이라 그랬을 리는 만무하고, 문화부를 거쳐 정치부 기자로 일할 때 당시 4대 지방선거의 도내 당선자를 모두 맞히는 '쪽집게 통찰'이 소문났단다. 그런데 이홍섭은 더는 그 길로 나아가지 않는다.

— 내가 강원일보 기자가 돼 춘천에 살게 된 것도 적어도 강원도를 떠나고 싶지 않아서였다. 국문과 출신이 강원도에 남아서 나름대로 전공 살리면서 먹고 살 수 있는 일은 많지 않았는데 그나마 신문기자는 괜찮은 자리였다. 당시 강원일보는 도내 제1 신문으로 꽤 선망되는 일터였다. 입시에 닥친 듯 공부해서 고생 끝에 입사했다. 춘천살이가 시작되었다. 하루 너덧 시간만 자는 고된 생활이었지만 재미있었고 능력도 발휘했다. 이를 발판으로 이 계통에서 더 잘 풀리는 길도 보였는데 중도에 접게 된 것이 시 때문이었다. 나는 고교 시절 시에 '들린' 뒤부터 한번도 시를 내 삶의 앞자리에 놓지 않은 적이 없었다. 기자 생활을 하면서도 그랬다. 그런데 어느 날 보니 그게 아니게 됐더라.

1990년에 등단하고 첫 시집(『강릉, 프라하, 함흥』, 문학동네) 나온 게 1998년이니 그 공백이 당시로서는 꽤 긴 편이다. 그 기간 한가운데 기자 생활이 있었으니 그럴 만했다. 대개 생업의 내용은 시에 담기기 어렵긴 하지만 이홍섭에게 특히 그런 것도 이해된다. 생업이 시를 압도해 버리는 삶이 두려운 것이다. "내 시는 자꾸/ 짧아만 간다 달걀을 네 개씩이나 후라이해 먹고/ 신라면 두

개를 삶아 먹어도/ 지치지 않고 살아오르는 허기/ 그런데 내 시는 자꾸 짧아만 간다"(「내 시는 자꾸 짧아만 간다」)에서처럼 먹고사는 욕망으로 허기가 증폭되는 사이 '시는 자꾸 짧아만' 갔다. 시는 짧아야 하지만 시가 줄어든 그 자리를 허기가 가득 차 있게 되면 시는 구차하고 빈약한 껍데기 언어로만 남게 된다.

생업이 시를 압도해 버렸다는 걸 깨달으면서 신문사 생활을 접으려 할 때 특별한 전기가 찾아온다. 대한불교 조계종 제3교구(본사 신흥사)를 이끌던 설악 무산(雪嶽霧山, 필명 : 조오현)스님의 부름을 받아 교구 소식지『설악불교』편집 책임자로 절로 들어가게 된 것이다. 이후 낙산사, 백담사, 신흥사 등에 머물면서 교구 산하 30여 곳 사찰을 취재하러 다녔고 무산스님의 백담사 대작불사와 만해축전 등의 일을 도맡았다. 자연스레 무산스님을 시봉하면서 지금껏 평생의 은사로 모시고 있다. 결혼도 그 시절 했고 대학원 석사(경희대)도 절에 있으면서 서울까지 왕복하며 했다. 절밥 힘으로 서울로 거처를 옮겨가서도 버텨냈다.

우리 시사에 불교에 친숙한 시인들이 적지 않다. 그중에서 이홍섭은 어쩌면 가장 남다르게 불교와 절집을 체험한 시인이 됐다. 스님도 아니고 그냥 신자도 아닌 "비승비속(非僧非俗)"으로 절에 거처를 두고 '남들 회사 갈 때 절에 가는' 특별한 생업으로(「밤비」) 다년간 지냈다. 이후 서울 생활을 거쳐 다시 고향으로 돌아와서도 여전히 절집 일을 돕고 산다. 그 시에 절집 얘기가 차고

시인은 지구에서 어떻게 숨 쉬는가

넘치는 것은 지극히 당연한 일이다.

　이홍섭의 시에서 또 하나의 특별한 공간은 '터미널'이다. 이 제목으로 연작을 9편까지 썼다. 이 시편들은 절을 떠나 서울에서 살던 이홍섭이 다시 고향에 돌아온 이후의 것이다. 터미널은 만나고 헤어지고 울고 웃고 기다리고 떠나고 문 열고 닫는 곳이다. 고향을 떠났다 고향으로 돌아간 사람으로서는 새삼스럽다 싶은 공간적 이미지라 하지 않을 수 없어서 실은 오래전부터 묻고 싶었다. 어째서 터미널일까?

　― 2005년 서울에 아내를 두고 나와 아들만 강릉으로 왔고, 아들을 부모님에게 맡기고 나 혼자 살았다. 서울에서 직장 생활을 하는 아내는 금요일 밤마다 내려왔다. 처음에는 아들과 함께 나중에는 혼자 어두워지는 터미널에서 아내를 기다렸다. 마침 가까운 곳에 도립병원이 있었고 그 건물 3층이 산부인과, 지하가 장례식장이었다. 아내를 기다리다 가끔 거기 갔다. 희로애락이 눈앞에서 한꺼번에 펼쳐졌다. 만나고 헤어지는 터미널이 곧 누군가 태어나고 누군가 죽는 병원이었다. 터미널이 팔만대장경 같았다. 거기에서 온 우주를 생각했다. 부처 말씀이 이해됐다. 그게 10년이었다. 터미널은 세속 한가운데 있는데 세속을 버린 절에서도 못 깨닫는 걸 깨닫게 해주었다.

「터미널」은 늙으신 아버지의 검진을 위해 서울의 병원으로 모시러 가게 된 상황을 그리고 있다. 젊은 시절, 어린 자식을 버스 앞에 세워놓고 어디론가 사라졌다가 출발 직전 나타나곤 했던 그 아버지다. 이번에는 아들이 아버지를 세워놓고 담배를 피우고 오자 버스에도 안 오른 채 그대로 서 있다. 늙은 아버지가 그 옛날 어린 아들이 돼 있는 것이다. 「터미널 2」는 터미널에서 갓난아이를 안은 앳된 여자가 누군가를 떠나보내면서 울고 있는 장면을 그렸다. 여자는 그치지 않는 울음을 숨기느라 모퉁이를 오가며 운다. 터미널조차 그 넘치는 울음을 감당할 길이 없다. 「터미널 3」은 자궁 적출수술을 받고 입원한 병실 간이침대에서 어머니를 간병하고 있는 상황이 전면에 나와 있다. "갓 태어난 아이들의 울음소리 요란한 산부인과"에서 어머니는 자궁을 비워냈다. 지아비 병수발로 '간신히 여성'이기만 했던 어머니가 이제 그 여성마저도 완전히 비워낸 것이다. 「터미널 4」는 지하에 장례식장, 지상 3층에 산부인과인 병원을 그리고 있다. 모든 사람들은 산부인과에서 나서 장례식장에서 떠난다. 눈뜨고 살아있는 사람들은 모두 거기서 거기로 가는 과정에 있는 거라고 들려준다.

 「터미널 5」는 "누군가 떠나고/ 누군가 다시 돌아오는" 터미널에서 지나간 일을 후회하고 있는 장면이다. 우리는 남에게 해서는 안 될 일을 참 많이 하고 살았다. 아버지에게 분노하고 어머니에게서 도망가고 한 여인을 끝내 사랑하지 못하거나 그 여인을 깨끗이 떠나보내지 못했다. 터미널에서 떠나고 오는 사람들을 보고 있노라면 "그러지 말았어야" 했던 일을 저질렀던 지난 시간들이 나를 괴롭히곤 한다. 「터미널 6」은 늦은 밤 홀로 남아 텅 빈 터미널이 종료되는 장면을 "적막이 벌떡 일어나/ 천천히 터미널의 지퍼를 올"리는 것으로 묘사한다. '미림산방기(美林山房記)'라는 부제를 달고 있는 「터미널 7」은 아이가 크면 다른 곳으로 옮겨가려 했던 '미림산방'을 여태 떠나지 못하고 있는 처지가 그려진다. 벗어나고 싶어도 벗어나지 못하는 세계가 우리가 사는 이곳이다. 그것을 매일 사람들이 떠나고 돌아오는 '터미널'에 비유했다. 「터미널 8」은 도립병원에서 검은 장의차 한 대가 빠져나오는 장면이 목격된다. 그 길 양옆에 은행나무 암수 두 그루가 있다. '암수 정다운 은행나무'로 상징되는 생명과 다산의 이미지와 검은 장의차로 상징되는 죽음과 소멸의 이미지가 극명하게 대비된다.

'터미널' 연작에서 '터미널'은 누군가는 오고 누군가는 떠나는 그런 곳이다. 이것이 이홍섭에게 와서 아버지와 어머니와 나와 아들의 가족사적 체험의 넘나듦과 터미널과 종합병원과 산방의 공간적 변주로 인간살이의 원리를 함축하는 매우 탄력적인 공간으로 거듭나 있다. '터미널' 덕에 이홍섭에게서 이렇듯 다시금 시마가 살아난다 싶었더니 이 연작은 9편에서 끝난다. 마지막 시 「터미널 9」에서 열반에 드는 부처가 슬퍼하는 제자 아난다를 달

래고 있다. 부처는 "평생토록 병원과 터미널에 쪼그리고 앉아 생을 구경(究竟)하여" 왔다 한다. 그러니 아난다를 부른 이 부처는 그대로 시인 이홍섭이라 해도 좋다. 이홍섭은 주말마다 아내를 기다리던 이 터미널에서 인간들의 생을 '구경'해 마침내 '해탈'을 경험하는 단계에 이른다. "우리는 모두 지나가는 객일 뿐이다." 이 깨달음은 10년 가까운 절집 생활에서도 얻지 못한 답인데 세속의 한가운데인 터미널에서 와서야 얻은 것이다. 그러나 세상을 다 알아버린 사람도 사람인 이상 희로애락은 여전한 것. 이홍섭도 시집 『터미널』 이후 또 세월이 흘렀고 최근 제5시집 『검은 돌을 삼키다』를 냈다.

4. 건달을 세우자니 탑이 자꾸 우는데

이홍섭의 시의 중심에는 강릉, 즉 고향이 있다고 이미 말했다. 이 고향은 자신이 안주하고 자신의 시를 안주시키는 고향이 아니다. 때문에 이홍섭의 시에는 이 고향의 대척점이 되는 고향의 밖의 세계가 자리한다. 강릉의 시인 이홍섭의 시는 그러니까 강릉과 '강릉 밖'이 서로 길항하는 세계다. 그 길항하는 자리에 절이 있고 터미널이 있다. 절에서 마음을 비웠다면 터미널에서 그 비움이 진짜 비움이 아니라는 걸 깨닫는다. 그 깨달음 끝에 이홍섭

시인은 지구에서 어떻게 숨 쉬는가

은 자신의 온몸이 '구멍 천지'(「구멍」)임을 알게 된다. 이제부터 이홍섭의 시쓰기는 이 구멍과 싸움하는 일이다. 영원히 끝나지 않을 그 싸움을 해내는 게 결국 시인인 거다.

　이번에 느낀 거지만 이홍섭의 시는 생각했던 것보다 훨씬 더 깊이가 있었다! 그리고 이홍섭의 말은 생각했던 것보다 훨씬 더 명징했다! 말이 시를 다 따라잡고 때로 시를 능가하기까지 했다. "좋은 시는/ 바닥을 치는 시야, 그지?"(「모래무지」)에서의 '바닥을 쳐야 좋은 시가 된다'는 명제도 그렇고 "시는 계단처럼 좋아진다"(산문「'시적 순간'은 '초발심시변정각(初發心是便正覺)'에 있다」,『시인동네』2015년 겨울호)는 발견도 그렇다. 그랬으니 시인이기를 지나 평론가까지 됐을 것이다. 평론 등단 이후 쓴 대여섯 권 분량의 평론을 책도 내지 않고 버티고 있긴 하지만, '말 따라 가면 죽는다' 는 노스님의 말씀처럼 그 운명이 진정한 시인되기를 방해할 수도 있겠다는 생각도 들었다. 좋은 시인됨만으로 족할 터인데 자신의 내면에서 그것을 증명하려는 말이 올라와 자꾸 평론가됨으로써 때로 그걸 희석시키려 든다 싶었다. 말하자면 그 내면에서

　　탑을 세우자니 건달이 울고
　　건달을 세우자니 탑이 운다
　　　　　　　　─「미소─강릉 신복사지 석조보살좌상」에서

에서처럼 말(탑)로써 의미를 부여하면 시(건달)가 울고, 시가 저 혼자만 가면 그걸 해명해 내기 힘겨워진 말이 혼란스러워하는 것이다. 하지만 어쩌랴, 그 안이 그리 괴로워도 그게 사는 모양이라 그 모양 또한 보기 좋은 일 아니랴. 그래서 안으로 괴로워하는 이 홍섭을 보면서 우리는 그 모양이 좋아 "앞마당의 저 보살"처럼 "살포시 미소를 머금"고 있는 것이다.

*

2017년 초여름, 강릉 갈 일이 연이어 있어 이홍섭을 두 차례 만났다. 산골에서 태어나 강릉에 와서 살던 때, 등단할 무렵 길을 터준 '시운동' 동인, 신문기자 시절과 백담사에서 무산스님을 시봉하던 일, 서울에서 오는 아내를 기다리던 터미널 풍경 등등, 거듭 만나도 끊이질 않을 듯 사연이 꼬리에 꼬리를 물었다. 고개 끄덕이며 듣느라 사진도 못 찍었다. 이 글은 그해 『시인동네』 8월 호에 실었다. 2018년 5월 백담사의 무산스님이 입적했다. 2020년 초 코로나19의 재앙을 피해 청정하던 강릉을 방문해 강릉문화재단 상임이사로 상근 중이던 이홍섭을 잠깐 만나고는 지금껏 서로 연락을 잘 취하지 못하고 있다. 대신 이 글을 쓰면서 얻은 시가 있어 여기에 올리니, '머리 긴 중'이 되어 백담사를 오르내리던 이홍섭이 한순간 '득도'하던 기분을 이해해 보기 바란다.

시인은 지구에서 어떻게 숨 쉬는가

그 숲을 생각하며
— 이홍섭 시인에게

박덕규

밤 깊으니 물소리가 요란하다.

센 물, 가는 물, 우는 물, 포효하는 물,

끊어졌다 이어지는 물, 떨어져 사라진 물,

돌아와 치받는 물, 물, 물, 물, 물들이

허공에 뿜어놓은 희미한 형상을 찢으며

갑자기 면상으로 직진해 오는 게 있다!

아, 이제부터는 진짜다.

이 귀신새끼들아 다 덤벼라!

메아리를 기다리지도 않겠다.

달이 오는 길목에 서지도 않겠다.

몸이 칼이요 뼈가 방패다.

피가 튀고 살이 퍼지는 것이

네놈들 아니면 나일 뿐이다!

눈뜨니 아랫도리가 낭패다.

밤새 목청 터지게 휘두른 게
내 오줌발이 아니었나.
문틈을 파고드는 햇살이
방안에 길게 칼날을 그린다.
늦도록 마신 술이
해골바가지에 담긴 거였구나!

시인은 지구에서 어떻게 숨 쉬는가

하늘을 뛰어다니다 숲속을 날아다니다
대지의 슬픈 운명 속으로 사라진 불타던 별들……
　　　　　　　— 이진명, 「 '앉아서마늘까' 면 눈물이 나요」에서

이진명 1955년 서울에서 태어났다. 고등학교를 마치고 일을 하기 시작해서 대학을 늦게 다녔다(서울예대 문예창작과, 1987~1989). 1990년『작가세계』1회 신인으로「저녁을 위하여」외 7편 시 발표로 등단했고, 1992년 첫 시집『밤에 용서라는 말을 들었다』(민음사)를 냈다. 1994년 두 번째 시집『집에 돌아갈 날짜를 세어보다』(문학과지성사)를 내고 공백이 길었다.『단 한 사람』(열림원, 2004),『세워진 사람』(창비, 2008) 이후 또 공백이 길어지고 있다. 준비해온 제5시집은 좀 더 기다려야 할 듯하다.

깨어진 자아가 만든 시 형식
─ 이진명과 접시꽃 길 걷기

1. 시가 긴 이유

이진명 시는 대체로 길다. 시가 길고 짧은 게 문제 될 건 물론 없다. 1990년대도 그렇고 지금도 그렇지만 긴 시는 문단의 대세고 짧은 시는 대중의 대세인 것 같은데, 뭐 꼭 그런 것도 아니다. 시는 '압축'으로 '상징'을 누리는 장르이긴 하지만 그게 몇 행까지라 정해놓은 사람은 못 봤다. 그래도 이진명 시는 길다. 시집 편집자가 시집 내는 재미가 덜했을 것 같다. 아니 시집 교정을 보다가, 길기는 긴데 한때의 유행처럼 어떤 일화(逸話)을 담고 있지도 않고 지금의 유행처럼 관념 진술 같은 걸로 연속되지도 않아서 유다르게 긴장을 좀 했으려나 모르겠다.

─ 길게 쓰려고 쓴 게 아니다. 압축과 상징, 이런 걸 크게 주의

하지 않았다. 내 의식이 가는 대로 내버려 둬서 길어진 것 같다. 시인이 아닌가 보다.

— 누구도 침범하지 못한 내 세계, 아무것도 아닌 세계, 스토리도 사건도 메시지도 없는 상태, 내 존재 그 자체를 보는 것 이게 좋다. 긴 시들이 그렇다. 시의 호흡, 행위나 동작의 이행에 따라 시의 길이 생기고 그걸 따르는 거다. 그러다 휴지 상태가 오면 시가 끝난다.

— 시가 늘어지는 게 신경 쓰이지 않은 건 아니다. 그런데 그걸 건사할 여력이 없었고 그러고 싶지도 않았다. 시에 매진하지 못했다. 시인이라는 데 대한 자의식을 갖고 있지 못했다. 다른 시인들은 시를 대단히 애지중지 여기고 있구나, 느낄 때가 많아서 놀라고 의아해하곤 했다.

— 흐르는 시간 속에 있는 시시콜콜한 세계를 표면적으로 그렸지만, 진의가 더 터치될 수 있게 미적 가치를 이루어 내려면 방법적인 탐구를 해야 했다. 시인이라는 자각이 생긴 것은 늦게도 넷째 시집(『세워진 사람』)을 내면서다. 그때부터 길거나 짧거나 통어할 수 있을 것 같다는 자신감이 생겼다. 내가 장악해서 움직여 갈 수 있다는. 그동안 질질거리며 나름으로 고생한 이력 때문이겠

다.

　— 짧은 서정시 형식, 오늘날 삶의 한 시인의 어떤 의식상황 전
모를 엿보기에는 부족하다고 생각한다. 그러나 시는 짧고 긴 데
에 있지 않고 시인 것에 있다. 흠, 시인 것이라…… 짧은 것도 시
형식이고 긴 것도 시 형식이다. 마음대로 쓰시오.

"시가 왜 긴가?"에 대한 이진명의 답을 정돈해 보니 세 단계쯤
된다. 첫째는 그게 자연스러워서다. 둘째는 그 자연스러움을 통
어하지 못해서다. 이제 길어지는 것도 장악해 낼 수 있을 것 같
다. 셋째는 그러나 짧은 서정시 양식이 유행하는 분위기는 여전
히 아쉽다. 이런 정도가 되는데, 이해되기도 하고, 모순이 좀 있
는 것 같기도 하고 그렇다. 다시 정돈해 보자. '자연스럽게 길어
졌지만 통어하지 못한 부분도 없지는 않다. 이제는 나름대로 이
력이 쌓여 길어지는 걸 통어할 수 있겠다. 하지만 짧은 서정시 양
식으로는 나를 표현할 수 없다.'
　과정이 어떠하건 결론은 '이진명의 시는 여전히 길다'가 된다.
여기에 두어 편만 인용해도 지면이 꽉 차 버릴 거다. 그래서 이진
명의 시가 왜 길어야 하는지, 왜 꼭 시 길이를 두고 얘기를 해야
하는지, 이게 참 중요한 얘깃거리인데도, 지금 바로 하지 않고 뒤
로 미룬다.

　　깨어진 자아가 만든 시 형식 — 이진명과 접시꽃 길 걷기

2. 삶이 낳은 시의 정신과 몸

1955년 서울에서 태어난 이진명은 1974년 고교 졸업 후 일터로 나갔다. 그 뒤로는 모든 게 늦었다. 대학 입학(서울예대 문예창작과, 1987), 등단(『작가세계』 신인상, 1990), 결혼(39세)이 모두 그랬다. 그나마 빠르다 할 수 있는 건 등단 후 첫 시집(『밤에 용서라는 말을 들었다』, 민음사, 1992) 내고 또 둘째 시집(『집에 돌아갈 날짜를 세어보다』, 문학과지성사, 1994)을 이어 낸 정도. 그러고는 또 공백이 길었다. 셋째 시집(『단 한 사람』, 열림원, 2004), 넷째 시집(『세워진 사람』, 창비, 2008) 내고 곧 다섯째 시집이 나올 거라 하는데 어쨌거나 뭔가 많이 더디고 늦고 그런 편이다.

이렇게 늦고 더딘 걸 보면 시인이 되기까지 그리고 시인이 되고 나서도 살아온 사연이 만만치 않을 듯하다. 그 사연은 시 곳곳에 나타나 있었던 듯한데 그게 잘 안 보였던 까닭을 잘 모르겠다. 시라는 장르가 체험을 직접적으로 드러내는 장르가 아니니까 시인이 그걸 드러냈는데도 각 시편에 녹아 있는 체험의 편린을 하나의 인생사로 연결해서 이해하기 어려웠을 수도 있다. 또 그런 걸 이해하는 걸 중요하게 여기지 않았을 수도 있겠다. 또는 그런 시들이 그동안 이진명의 시 중에서도 주되게 읽히는 대상에서 얼마간 벗어나 있어서였을 수도 있다.

백승휴 작가의 촬영으로
한 컷

　— 외할머니가 집에 같이 살았다. 고2 겨울방학 때 외할머니가 돌아가시고 고3 졸업한 해에 어머니가 돌아가셨다. 18~19세 때 죽음을 두 번 연이어 경험한 거다. 공부해 본 적 없는 죽음을. 좋아했던 외할머니의 임종을 엄마와 함께 지켰고 또 같이 염을 했다. 슬픔보다는 희열, 너무 낯선, 처음 감각하는 놀라운 이 경험은 오히려 카니발 같았다. 할머니를 화장한 골분을 수유리 화계사 뒷산에 뿌렸다. 엄마는 암으로 일년 앓다 돌아가셨다. 가족들이 둘러앉고 맏이인 내가 어른들의 지시에 따라 염을 했다. 장례 날은 사람들 모여 삼베옷에 걸건에 완장에 붉은 진달래꽃술

　　　　　　　　　　　깨어진 자아가 만든 시 형식 — 이진명과 접시꽃 길 걷기

(엄마가 자신의 장례에 쓰라고 죽기 전 봄날에 따다 한 독 가득 담가 놓은 술) 과 김 오르는 장국에 곡소리에 왁자지껄 또 다르게 카니발 같았 다. 마석의 천마산에 매장했다. 화장과 매장 두 가지의 장례를 어 린 날 직접 참여 경험한 일이 내 인생 중 제일 맘에 드는 경험이 다……

"웬만해야 드러내 놓고 말하지…… 살아온 이야기는 하고 싶 지 않다"고 했다. 그럼에도 불구하고 이야기는 여기서 끝이 아니 다. "일본 옷 기모노 검은 원단에 자수 기술자들이 명주실로 수 놓아 수출하는 회사에서 도안 카피 일을 했다. 엄마 돌아가셨을 때 남동생은 고3, 여동생 둘은 고1, 중1이었다. 엄마 사후 1년 만에 탈상하고 곧바로 새엄마가 왔다. 3년을 직장생활하며 다 같 이 지내다 혼자 집을 나왔다. 언니가 죽을까봐 찾아 나섰다는 두 여동생을 돌려보내지 못하고 이후 자매 셋이 근 10년을 함께 살 았다……. 뒤따른 남동생도 한동안 같이 살다 결혼해 떠나갔다. 예대 입학 전까지 10년을 일했고 5년간은 월급 반을 늘 가불해 살았다. 39세 결혼 전까지 열세 곳의 셋방을 전전……" 이쯤 되 면 이편에서 절로 말문이 닫히는 이력일 수밖에 없다. 말할 틈이 없어서가 아니다. 이진명은 상대의 말을 자르거나 말머리를 채서 다른 데로 돌리거나 하는 사람 아니다. 말이 많거나 빠르거나 한 편도 결코 아니다. 이렇게 저렇게 흩어놓는 말을 모아보니 위와

시인은 지구에서 어떻게 숨 쉬는가

같다는 뜻이다. 여기 적지 않은 것을 다 옮기자면 '1.4후퇴 때 월남한 아버지가 피난 나와 청주에서 우연히 공주사범 졸업생 어머니 집에 묵게 된 운명 같은 사연'부터 제대로 시작해야 한다. 대하소설 감이다. 결국 여기에는 적당히 적어 놓을 수밖에 없지만, 이 정도라도 개인사를 알고 나니까 신기하다. 이진명 시가 이제는, 여기저기 흩어져 있던 체험 정황, 나아가 현실에서 비켜나 다소 한적한 시공에서 머물러 있은 듯했던 시적 자아의 그윽한 이미지까지 다 잘 읽힐 것 같다.

외할머니 일흔일곱에 들어갔다
한 해 뒤 어머니 마흔일곱에 들어갔다
두 사람 다 깊은 밤을 타 들어갔다

— 「들어간 사람들」에서

어머니는 왜 안 오시나
이 다 저녁까지 왜
어둠에 몰리는 햇살을 앞가슴에 끌어안고
조리에 된장을 받쳐 풀며
이 세상에 맏이 된 나, 모든 맏이 된 나는 시름겨워
안 오시나 못 오시나, 숨은 어머니
어머니 대역이 된 누나, 언니가 지어주는 저녁을

묵묵히 고개 떨구고 먹는 이 세상의 동생들

— 「또 저녁을 지으며」에서

아궁이는 어디예요?

아궁이가 없다구요?!

〔……〕 아궁이 없는 방을 세놓는 사람 아궁이 없는 방을 세 드는 사람 어느새 평상심으로 물끄러미.

— 「방」에서

모든 시를 시인을 알고 나서 읽을 수도 없는 일이고, 시는 시인에게서 분리되어야만 비로소 시인 거라고 유식한 사람들이 말한 적도 있지만, 시인의 얘기를 듣고 이런 시편들을 다시 읽으니 그것들이 별다른 이해 과정 없이 쉽게 마음 안으로 들어와 버린다. 이래서 우리는 때로 시인의 시가 아니라 시인의 말에 귀가 솔깃해지게 되는 거다. 하지만 이 시편들을, 함께 살던 외할머니와 엄마를 연달아 잃고 스무 살부터 동생들을 건사하며 살던 맏딸의 시름이나 그래도 잊지 못하는 모정에 대한 그리움을 노래한 시라고만 읽는 것은 지극히 경계해야 할 일! 이런 시에 대한 진정한 느낌은 "아궁이가 어디예요?// 아궁이가 없다구요?"로 놀라는

한 시절의 이진명

순간, 이 세상에 '아궁이 없는 방에라도 세 들어 살겠다고 마음
먹을 수밖에 없는 자신'과 다름없이 '아궁이 없는 방을 세로 내
놓을 수밖에 없는 사람'이 있다는 사실을 깨닫는 장면에서 온다.
'아궁이 없는 집', 거기 세 드는 자의 자리에서 그걸 세놓는 자를
느끼는 순간, 그게 시인에게 나아가 독자에게도 "법방망이로 한
대 얻어맞은 듯 통쾌한 한" '법열(法悅)'이 된다. 이런 순간이란
것이 체험이 아니고 얻어질 수 있을까 싶어 시인의 육성에 더 귀
를 기울여본다.

— 시는 내 꿈이 아니었다. 하지만 월급 받으면 교회 십일조 내
듯이 그만한 금액의 시집과 문학지를 구입했다. 춤 장르를 좋아
해 300만 원짜리 셋방에 살면서 월간 『춤』을 3년간 구독하며 즐

깨어진 자아가 만든 시 형식 — 이진명과 접시꽃 길 걷기

겁게 봤다. 고교 때 양옆 짝이 각각 발레반 대표, 한국무용반 대표였다. 몸이 꽤 유연한 편인데 예대 때 요가선생이 몸이 잘 구부러진다고 요가선생 하라더라. 그래도 특별활동 시간에 문예반도 하고 종교반 중 불교반도 했다. 예대 입시 때는 그해 최고령 예비고사 응시자였다. 시 안 쓰고 싶었다. 돈도 안 되고 생활도 안 되는 이중고라 생각했다. 고졸의 쥐꼬리 월급쟁이 생활을 쉰 적이 없었지만, 내 손바닥에는 쥐꼬리의 끄트머리도 남아 있지 않았다. 그래도 돈벌이를 하고 싶지 않아 일자리를 더 안 찾고 입시학원 두 달 다니고 동국대 불교학과를 시험 봤다. 대학을 간다면 거길 가고 싶었다. 중 되려는 게 아니고 불교에 무슨 대자유라는 게 있다는데 그 언저리에서 훈기라도 쐬고 싶었다. 낙방하고 2차로 안암동 개운사 내에 승가대학이 있었는데 스님들만이 아니고 일반인도 받았기에 거기로 원서를 사러 갔더니만 그해부터 일반인은 안 받는다고 하더라. 정말 젠장이었다. 예대 실기시험 백일장 치르고 면접하는데 최인훈 선생이 최근 무슨 책을 읽었냐고 물으시기에 가와바타 야스나리 장편 『산소리』를 읽었다고 했다. 내용을 말해 보라기에 장지문 건너로 며느리의 기모노 자락 끌리는 소리를 듣는 시아버지, 두 사람의 미묘한 감정을 눈치 채는 아들…… 이런 식으로 설명했다. 면접에 주효했을까. 예전 갈 때는 시 습작과 문학지 읽기를 한 2년 끊은 상태였다. 등단에 대한 욕망도 크게는 없었다. 방학 때 열화당 출판사에서 알바해 등록

시인은 지구에서 어떻게 숨 쉬는가

금 마련했고 그다음 방학엔 민음사에서 알바해서 졸업하게 된다. 예대 교지 '예장문학상' 받고 그해의 '예술의 빛' 상을 받는다. 1989년도 신춘문예 최종에서 떨어지고 졸업 다음 해(1990) 『작가세계』 1회 신인상으로 등단한다. 역사와 전통과 권위가 얹히지 않은 신진문학지 첫회 등단이라는 일은 왠지 세상으로부터 단절돼 늦된 나에게는 맞춤한 일같이 느껴졌다. 서른다섯 살. 난생 처음 은행통장을 만들었다. 월급 이체를 위한 거였지만 기념할 만한 일 아닌가.

일단 여기까지만 정리하겠다. 그래도 좀 확실히 해둘 것이 있다. 이진명은 자신의 시의 출발을 이렇게 말했다.

— 이 세상에서 되는 일은 아무것도 없었다. 내 인생에서 최선은 사라졌다. 최선이 사라진 다음의 차선이란 별 무의미, 살아지든 말든 무관했다. 그런데 시는 쓰고 싶으면 써지고 안 쓰면 안 쓰는 거고 내 맘대로 할 수 있는 유일한 것이 되어 있다는 사실에 생각이 미쳤다.

여기까지, 늦깎이 대학생으로 늦은 등단을 하고 출판사에 취업한 뒤 그 이듬해 그 출판사에서 첫 시집을 내는 데까지, 이진명의 생애를 훑었다. 그 생애는, 두 육친의 죽음을 경험하고 그로부터 어린 처녀가장으로 10년을 살면서 부딪친 현실의 고난과 정신적 고독의 내용으로 제1, 2시집에 단편적, 우회적, 은유적으로 드러나 있다. 이력과 직접적으로 관련이 있는 시는 그 후 10년 뒤 낸 3시집의 전 3부 중 마지막 3부에 잘 펼쳐져 있다. 우리는 오늘, 삶이 시의 정신을 낳고 시의 몸을 낳은 한 증거로 시인 이진명을 만난 셈이기도 하다.

3. 트인 공간에서 노는 말들

시를, 시인의 실제 체험 내용을 알고 읽는 일이 아무리 유효하다 해도 그것만으로는 그 시의 본 맛을 느꼈다고 하기에는 한계가 있다. 이진명의 시에 대해서도 마찬가지. 그랬기에 그동안의 독자들도 굳이 시인이 시 여기저기에 담아 놓은 실체험을 굳이 따라 읽으려 하지 않았던 것이렷다. 그러나 그들은 이진명을 주로 '고독한 산책자의 명상'이나 '내성의 시학', '저녁의 시학' 식으로 설명하는 동안 그 현상은 제대로 보았으되 그것이 왜 그렇게 된 것인가를 함께 이해하는 시간은 못 가졌다 싶다.

가령, "내 산책의 끝에는 복자수도원이 있다"(「복자수도원」), "안 돌아오는 여행"은 "얼마나 눈부신가"(「여행」), "바닷가 한낮의 휘휘한 갯벌에서" 함께 논 "어린 게 한 마리 내 입맞춤을 받아줬지요"(「게랑 놀았지요」), "동네에서 놀고 있는 큰 터"에 '가득한 햇살' (「누가 공터를 주목하는가」) 등에서 보듯이 이진명 시의 시적 자아는 '길에서 비켜 난 자리'를 향하고 있다. 그곳은 가까이는 일상에서 벗어난 산책길 위이고 멀리는 아주 멀리 떠난 여행이다. 자연 공간으로 치면 길가이고 산이고 강변이고 바다다. 심상 공간으로는 '현실에서 벗어나 돌아오지 않는 어떤 곳'이다. 그 자아는 집 가까운 곳에서 점점 멀어지면서, 현실에서 벗어날 때 아늑해지고 더 멀어질수록 기쁨에 찬다.

여기서 이진명 시에 나타나는 소재적 또는 방법적 특징 하나를 볼 수 있는데 그것은 시적 상황이 형성되는 데 특별히 '공간'에 대한 지각 과정이 중요하게 개입된다는 점이다. 대표적으로 시에 구체적 지명으로 등장하는 복자수도원, 서랭이절, 무령왕릉, 소록도, 영산선원, 두타초암, 만세루 등의 시어는 실제 여행지로서의 구체적 장소의 의미 이상으로 일상에서 벗어난 자아가 지향하는 이미지를 지각하게 해주는 상징 공간이 된다. 또는 시에 빈번히 등장하는 집, 방, 부엌, 마당, 동네 등도 때로는 추억의 장소로 때로는 현실의 삶이 이루어지는 장소로 실제성과 상징성을 모두 가능하게 지각화되고 있다. 이 역시 시인의 말을 직접 들으면 금세 이해된다.

— 막히고 닫힌 공간을 힘들어한다. 하늘이 흐르는 뚫리고 열

깨어진 자아가 만든 시 형식 — 이진명과 접시꽃 길 걷기

여행 중에 한 컷

린 장소를 편애한다. 장소애 같은 걸 가지고 있다. 약속 장소가 정해지면 그 공간에 대해 미리부터 염려하는 습관이 있다. 첫 시집 읽어준 독후감 중에 인상 깊은 하나. 내 시에 사람이 안 나온다더라. 사람 대신 장소를 택한 거 아닐까.

현실에서 벗어나 다른 세계를 지향하는 이진명의 시가 보이는 또 하나의 중요한 특징도 생각할 수 있다. 그 시는 현실과 일상을 벗어나면서도 여느 자연친화적인 시처럼 '문명 비판'에 상응하는 '자연 예찬'이 아니며, 한편으로 '세속으로부터의 초월'을 기반으로 하는 '선적 경지의 구현'도 아니라는 점이다. 시인 자신은 이에 대해 말하기를 "그것 자체가 시인 줄 모르는 채로 내가 그 속에 들어가 노는 상태이기 때문에 자연을 대상으로 예찬하는 것도 아니고 또 언어와 심경을 다듬어 '선적 상태'가 되는 것도 어려웠을 것"이라 했다. 놀랍게도 이런 말도 했다.

— *자아가 깨진 사람은 고정된 형식을 가질 수 없다.*

이쯤 되면 이진명 시가 길 수밖에 없는 이유에 대해 더 보충할 수 있겠다. 스스로 주체로서 자리하기 어렵게 된 자아를 정제하거나 정련하려 하지 않고 자연 상태로 놓아둔 그 자체의 언어로써 시가 되었다. 그 때문에 그 시는 고정된 형식을 가질 수 없었고, 그로써 정돈되지 않은 말들로 길게 이어진 것이다. 이제는 길게 쓰는 고생 아닌 고생을 하다 보니 통어할 능력이 생겨난 듯하고, 자신은 없지만 시를 돌볼 수 있는 상태가 되었다. 그렇다면 한 가지 의문. 현실에서 결혼을 하고 출산을 해서 이른바 가정적 안정이 됐을 테니까 시도 충분히 달라질 수 있지 않나 하는 것. 하지만 이미 알 듯이 둘째 시집과 셋째 시집 사이에 10년 틈이 있었다. 달라진 것이 있다면 체험 내용에 '육아'라는 주부 체험이 남달리 쌓인 것. 특히 넷째 시집에는 이런 체험이 확연한데 이 지면에서는 다 얘기하지 못해 아쉽다. 어떻든 그런 세월이 있고도 시는 결코 짧아지지 않았다. 다시 말하지만, 이제 더욱 분명히 말하지만, 시가 길고 짧은 건 아무 문제도 아니다. 분명한 것은

깨어진 자아가 만든 시 형식 — 이진명과 접시꽃 길 걷기

이진명 시가 여전히 길되 또 다른 체험의 시간이 얹어지면서 '깨어져 감당할 수 없었던 자아'를 추스르며 과거와 주변을 돌아보는 자세를 가지게 됐다는 것. 자아는 타자를 통하고 개인은 사회를 통하고 오늘의 시간은 역사적 상황을 통해 성숙해진 세계를 보이게 됐다는 것.

4. 「'앉아서마늘까'면 눈물이 나요」 후일담

인터뷰를 마친 얼마 뒤 미국 로스앤젤리스의 한인들에게 한국문학 강의를 하면서 이진명의 화제작 「'앉아서마늘까'면 눈물이 나요」를 읽혔다. 일상사가 어떻게 시가 될 수 있는가도 설명하고, 문학에서 페미니즘이 왜, 얼마나 중요한가도 얘기하고, 역사문화적 관점에서 세계를 보는 눈을 키워야 한다고 역설하기도 하다가……

새 여자 인디언 앉아서마늘까였을까요

마룻바닥에 무거운 엉덩이 눌러붙인 어떤 실루엣이 허공에 둥 떠오릅니다

실루엣의 꼬부린 두 손쯤에서 배어나오는 마늘냄새가 허공을 채웁니다

냄새 매워오니 눈물이 돌고 주욱 흐르고

—「'앉아서마늘까'면 눈물이 나요」에서

　이 시와 더불어 1991년 영화「늑대와 함께 춤을」이후 한국에
서 인디언식 이름 짓기가 한때 유행한 적이 있었다고 알려주면서
각자 자신의 인디언식 이름을 지어보라 했다. 흐르는물, 슬피우
는갈매기, 외로우면바다가요 등등……. 이 정도 답까지 나오는
데도 시간이 필요했다. 그런데 한 시인 수강생이 '인디언아닌데'
라고 짓겠다고 했다. '인디언'이라는 말이 처음부터 '역사의 폭
력'이라는 거였다. 이제는 미국 한인들을 'Korean Americans',
미국 중국인들을 'Chinese Americans' 부르고, 그리고 "그동안
미 대륙 원주민들을 서양사람 마음대로 'Indian(인도사람)'으로
불렀지만 지금은 'Native American'이라 부르고 있다는 걸 알
아야 한다"고 했다. 하지만 중요한 건 명칭이 아닐 것이다. '인디
언' 대신 'Native American'이라 불리게 된 그 '인디언'들이 처
한 '역사적 현실'을 과연 제대로 보고 있으며 그것으로부터 어떤
개선책을 마련했는가. 실은 이진명 시가 바로 이 질문에 닿는다.
이진명의 시는 우리가 알지 못하던 사이에 우리 자신을 지배해온
것에 짓눌려버린 상황을, 너무 짓눌려서 '깨어진 자아'로 드러내
왔고, 이제 그 의미를 스스로 캐물어 새로운 상황을 만들어가고
있다.

*

표면에 드러난 그윽함, 그 배경에서 넓게 퍼진 삶…… 이진명의 시를 담아낼 그릇이 마련돼 있지 않아서 두 차례, 2018년 6월 초순과 하순에 만났다. '장소'에 대해 민감하게 지각하는 이진명이 제안한 하림각 근처. '석파정/서울미술관'에서 부암동 가는 길 담벼락 아래 접시꽃 길이 조성돼 있었다. 접시꽃이 피었다 지는 계절이었다. 꽃에 무지했는데, 그때 접시꽃을 처음 제대로 인식했다. 그 길에서 찍은 사진을 그해 10월 『시인동네』에 글을 내면서 실었는데 화질이 좋지 않았다. 이 책에는 따로 보내온 근영을 싣는다. 아울러 시가 길어서 전문을 싣지 못한 화제의 시 「'앉아서마늘까'면 눈물이 나요」 전문을 이어 싣는다.

처음 왔는데 이 모임에서는 인디언식 이름을 갖는대요
돌아가며 자기를 인디언식 이름으로 소개해야 했어요
나는 인디언이다! 새 이름 짓기! 재미있고 진진했어요

황금노을 초록별노을 새벽미소 한빛누리 하늘호수
어째 이름들이 한쪽으로 쏠렸지요?
하늘을 되게도 끌어들인 게 뭔지 신비한 냄새를 피우고 싶어하지요?

순서가 돌아오자 할 수 없다 처음에 떠오른 그 이름으로 그냥

앉아서마늘까입니다 잘 부탁합니다

완전 부엌냄새 집구석냄새에 김빠지지 않을까 미안했어요

하긴 속계산이 없었던 건 아니죠

암만 하늘할애비라도

마늘 짓쪄 넣은 밥반찬에 밥 뜨는 일 그쳤다면

이 세상 사람 아니지 뭐 이 지구별에 권리 없지 뭐

근데 그들이 엄지를 세우고 와 박수를 치는 거예요

완전 한국식이 세계적인 건 아니고 인디언적인 건 되나 봐요

이즈음의 나는 부엌을 맴돌며 몹시 슬프게 지내는 참이었지요

뭐 이즈음뿐이던가요 오래된 일이죠

새 여자 인디언 앉아서마늘까였을까요

바닥에 꾸욱 엉덩이 눌러 붙인 어떤 실루엣이 허공에 둥 떠오릅니다

실루엣의 꼬부린 두 손쯤에서 배어나오는 마늘냄새가 허공을 채웁니다

냄새 매워오니 눈물이 돌고 주욱 흐르고

인디언의 멸망사를 기록한 책에 보면

　　　　　　　　　　　깨어진 자아가 만든 시 형식 — 이진명과 접시꽃 길 걷기

예절 바르고 훌륭했다는 전사들

검은고라니 칼까마귀 붉은늑대 선곰 차는곰 앉은소 짤막소……

그리고 그들 중 누구의 아내였더라

그 아내의 이름 까치……

하늘을 뛰어다니다 숲속을 날아다니다

대지의 슬픈 운명 속으로 사라진 불타던 별들……

총알이 날아오고 대포가 터져도

앉아서마늘까는 바구니 옆에 끼고

불타는 대지에 앉아 고요히 마늘을 깝니다

눈을 맑히는 물 눈물이 두 줄

신성한 머리, 조상의 먼 검은 산으로부터 흘러옵니다

시인은 지구에서 어떻게 숨 쉬는가

장작불도 불길 한번 솟구칠 때마다 몸이 터지지. 쩌렁
쩌렁 소리 한번 질러봐라. 너도 백만 평 사내 아니냐?

— 이정록, 「사내 가슴 – 아버지학교 1」에서

이정록 1964년 충남 홍성 태생으로 공주사대 한문교육과를 졸업했다. 1989년 대전일보, 1993년 동아일보 신춘문예 당선으로 작품 활동을 시작했다. 시집은 1994년『벌레의 집은 아득하다』에서부터 최근『동심언어사전』까지 총 10권을 냈고『콧구멍만 아프다』등 동시집 3권, 청소년시집『까짓것』, 그 밖에 4권의 동화책, 4권의 그림책을 냈다. 박재삼문학상, 윤동주문학대상, 김달진문학상, 김수영문학상 등 수상. 30여 년 교직에 있었고 조만간 은퇴하고 지역문화 활동을 하면서 창작에 전념할 계획이다.

모성의 무한 양분을 받아 옆으로 아래로

— 천안에서 만난 이정록

1. 다작의 원천은 두 가지

묻고 싶은 게 많았다. 1) 상당한 다작이다. 2) 다 그런 건 아니지만 시에 웃음이 넘쳐난다. 3) 어머니, 아버지, 할머니를 비롯해 고향 충청도 사람들이 예사롭게 등장해 사투리를 순박하게 늘어놓는데 그게 시가 된다. 그 밖에 4) 동시는 어떤 의미이고 게다가 청소년시는 또 무엇인가? 5) 현대시 쓰는 사람인데 어쩌다 한문 선생이 됐나? 6) 해학적 교훈이 있는데 또한 체제비판적인 까닭은? 등등.

하지만 이걸 다 묻고 답을 듣자면 2박 3일은 걸릴 거라는 걸 알고 있다. 대답이 길어질 거라는 예측 때문이 아니다. 대답하는 그 말이 재미있고 구수할 거고 은근히 거기 빠져들 게 뻔해서다. 그러지 않으려고 목에 힘을 주고 전화를 걸었고, 좀 사무적인 표정으로 만났다. 한데 이전까지 여러 차례 전화로는 멀쩡한 목소리이더니 허릿병이 도져 지압시술을 세게 받고 와서 기운이 **빠졌**단다.

그래도 방심은 금물이다. 이정록, 이 시인, 글로도 그렇지만 말로도 보통내기가 아니다. '위암 말기 환자가 토할 때 쓰려고 일부러 장에 가서 꽃무늬 바가지를 새로 사온다는'(「궁합」) 그런 충청도 사람이다. 일단 유명한 연잎밥으로 기운을 북돋운 뒤 천안에서 썩 세련된 리각미술관 커피숍으로 자리를 옮겨 분위기를 가다듬고 단도직입적으로 질문을 퍼부었다.

— *열여섯 살 때부터 시인되기를 꿈꾸었다. 스물두 살 때 『삶의문학』에 투고했다 낙선한 이후 매년 여러 신문 신춘문예에 투고했다. 1989년 대전일보 신춘문예에 당선했으나 청탁이 오지 않았고 1990년 한길사에서 나오는 계간문예지 『한길문학』 신인상에 투고해 당선했다. 한길사에서 시집 발간 계획을 잡아줘서 시집 원고를 보냈는데 나중에 가서 보니 내 원고가 캐비닛 한구석에 다른 유명 시인들 원고에 밀려 구겨진 채 처박혀 있더라. 1993년 동아일보 신춘문예 당선으로 비로소 떳떳해졌다. 그 사이 시를 많이 쓰기만 한 게 아니다. 1989년부터 10년 이상 충남권의 교사, 강사, 일반인이 어울려 '비무장지대'라는, 교육운동 겸 시작 동아리를 했다. 매달 1회 소책자 시집을 냈는데 거기에*

시인은 지구에서 어떻게 숨 쉬는가

3편씩 실었다. 그 책을 들고 1박 2일, 새벽 서너 시까지 시품평회를 했다. 시인이 변론할 기회는 한 번만 가진다. 혹독한 검증이 됐다. 자기검열이 철저해진 계기라 할 수 있다. 지금도 청탁을 받든 말든 시를 쓰고 싶을 때 미리 써 둔다. 청탁이 와도, 발표하고 남을 만큼 시가 있을 때 청탁에 응한다. 시집을 낼 때는 아는 선후배 시인들에게 원고를 미리 보이고 점수를 매겨달라고 한다. 상위 30편을 뽑고 거기서 제외된 것 중 내가 아끼는 것을 추가한다. 그러고도 시를 남기고 시집을 낸다. 시가 엇비슷하게 느껴지는 건 동어반복이 아니라 시인이 가진 일관성 때문에 생겨나는 감응이라 생각된다. 닭은 달걀을 낳지 타조알 낳는 게 아니지 않느냐. 시인은 대체로 하나로 말한다. 나는 수십 년 차를 탔지만 딱 두 종만 탔다. 내가 사는 데가 백석동인데 순전히 백석이라는 이름만 보고 집을 잡았다. 백석현대아파트가 우리집이고, 애들도 백석초, 중을 다녔다. 체육복 등판에 '백석'이라 새겨져 있다. 백석동에 살다가 나중에 안서동으로 옮길 수는 있겠다(안서는 소월의 스승 김억 시인의 호다).

젊거나 늙거나 간에 시인이면 좋은 시 많이 쓰고 죽기를 원한다. 이정록은 동아일보 당선 이듬해인 1994년 『벌레의 집은 아득하다』를 낸 이후 2018년 『동심언어사전』까지 시집 10권을 냈다. 3년에 한 권 꼴이면, 시 발표량이 많아진 이즈음의 풍속으로

도 아주 많은 편이다. 이에 그치지 않고 그 사이『콧구멍만 아프
다』등 동시집 3권, 청소년시집『까짓것』등의 시집류를 냈다. 이
런 게 주목되는 것은 다작 그 자체 때문이 아니라 그것들 대부분
이 평판을 받은 수준이 되기 까닭이다. 이렇듯 '다작에 준작'이
된 연유가 타고난 재능에 후천적 노력이 더해진 데 있다는 식으
로 설명될 리는 없을 것이다.

　― 내게 할머니가 둘 있었다. 큰할머니가 아기를 못 가져 작은
할머니가 생긴 것이다, 나는 작은할머니 쪽 소생으로 호적은 큰
할머니 밑이었다. 큰할머니, 작은할머니, 어머니 품에서 내가 자
랐다. 작은할머니의 사랑은 지극정성이었다. 내 코를 하도 문질
러 세워 오늘날 내 코가 이리 생생하다. 물론 키는 못 키웠다. 어
머니에게는 언어감각이 있었다. 이러저러한 이유로 나는 두 살
먼저 학교에 갔다. 공부도 못 따라갔고, 동급생들로부터 '집에
가서 젖 좀 더 먹고 오라'는 소리를 많이 들었다. 그것을 견뎌내
는 방법이 두 가지였는데 하나는 말로 그들을 웃겨 소외되지 않
고 친하게 지내는 것, 또 하나는 혼자 있게 된 시간의 외로움을
상상과 망상으로 달랜 것. 내 시의 원천은 그러니까, 할머니와 어
머니의 무한한 사랑, 그리고 일찍 학교생활을 시작해 늘 뒤처지
고 소외된 것을 극복하려 애쓰며 자랐다는 점, 이 둘이다.

　　　　　　　　　　시인은 지구에서 어떻게 숨 쉬는가

2017년 초겨울 리각미술관에서 (사진 : 김지훈)

　사람은 누구나 성장과정에서 몇 가지 콤플렉스를 지니게 마련이다. 그 콤플렉스는 그 사람에게 약점이 되기도 하지만 그것에게 벗어나려 애쓰는 과정을 통해 도리어 긍정적 에너지의 원천이 되기도 한다. '이솝 우화'로 잘 알려진 이솝은 난쟁이에 곱사등이에 말더듬이에 피부색이 검은 노예 신분이었다고 들었다. 이솝은 사람들에게 재미있는 이야기를 들려주며 자신의 쓸모를 늘려갔고 그 덕분에 오늘날 많은 이가 이솝 우화를 즐기고 있는 거라 한다.

　이솝 같은 장애인도 아니고 노예도 아니지만, 이정록은 바로 자신의 콤플렉스를 '재미있는 말'로 극복했다. 실제로 이정록은 성대모사에 능한 성우 같다. 역대 대통령 목소리 모사도 일품이다. "한 떼의 누가 강을 건너고 있습니다" 식으로 '동물의 왕국'

의 내레이터 흉내를 바로 내기까지 한다. 한편에서는 유머와 시가 비슷하다는 지론도 가지고 있다. 집에 가서 생각하니 웃음이 나더라, 하는 식으로 시도 유머도 그런 게 있단다. 그런데 어쨌거나 유머러스한 말이 그냥 말에 그치지 않고 시가 되자면 쉽게 말해 어떤 깊이 같은 게 없어서는 안 된다. 그런 깊이를 얻는 데 외톨이로 산 어린 시절이 바탕이 됐다는 것이다.

병원에 갈 채비를 하며
어머니께서
한 소식 던지신다

허리가 아프니까
세상이 다 의자로 보여야
꽃도 열매도, 그게 다
의자에 앉아 있는 것이여

주말엔
아버지 산소 좀 다녀와라
그래도 큰애 네가
아버지한테는 좋은 의자 아녔냐

이따가 침 맞고 와서는

참외밭에 지푸라기도 깔고

호박에 똬리도 받쳐야겠다

그것들도 식군데 의자를 내줘야지

싸우지 말고 살아라

결혼하고 애 낳고 사는 게 별거냐

그늘 좋고 풍경 좋은 데다가

의자 몇 개 내놓는 거여

—「의자」 전문

　허리가 아픈 사람에게는 눈에 띄는 게 모두 의자 같다. 꽃과 열매가 보기 좋은 건 의자처럼 무엇인가가 잘 받쳐주고 있어서다. 아버지에게는 큰아들(나)이 의자였고, 참외밭에 까는 지푸라기도, 호박 밑 똬리도 그런 의자 같은 게 된다. 가족끼리 싸우지 않고 오순도순 잘 산다는 건 "그늘 좋고 풍경 좋은 데다가 의자 몇 개 내놓는" 마음이자 그런 풍경과 같다……. 이런 해설은 사실 필요도 없다.

　이정록의 많은 시는 해설 없이도 잘 읽히는 편안하고 재미있는 시다. 등장인물이 생생하게 느껴지고 풍경이 절로 떠오른다. 그런데 '편안한 재미'가 그저 충청도 시골 사람들의 입말을 그냥 풀어놓은 거라고 생각하는 독자는 없을 거다. 「의자」는 허리 아파 병원에 가게 된 어머니가 하는 수다를 겉말로 드러내 세상 사는 이치를 속뜻으로 가르치고 있는 시다. 이 속뜻 또한 쉽게 알아차리지 못할 독자는 없을 테지만, 이렇듯 쉬운 겉말로 은근슬쩍 진정한 속뜻을 배어 나오게 해서 시 앞에서 공연히 깐깐해져 있는 독자의 이성을 무색하게 하는 시는 예사로운 게 아닌 거다.

2. 어머니도 아버지도 이웃들도 모두 학교다

— 제도권 교육을 받지 않은 사람들의 몸 언어는 삶을 잘 드러내 준다. 비유도 풍성하다. 해학적이다. 나는 그 사람들 얘기를 들으려 장터를 돌아다니기도 한다. 그들을 관찰하는 재미가 있다. 홍성-청양-부여 왕복 버스를 타고 종점까지 갔다가 다시 출발하는 버스를 타고 나오기도 한다. 한적한 시골을 달리느라 심심해진 버스 기사는 공연히 승객한테 말을 걸고 승객이 그 말을 천연덕스레 받는다. 그런 대화를 들으면 그대로 시처럼 느껴진다. 그걸 그대로 살리다 보니 대화체 시가 많다. 또 그분들 인생사를 담다 보니 내 시에 이야기가 많이 들어간다. 나는 이야기만으로도 충분히 시가 된다고 생각한다. 이야기 안에 시가 압축된다. 옛사람들의 언어는 정말 시적이다. 옛 분들은 이미 언어로 삶

시인은 지구에서 어떻게 숨 쉬는가

을 살고 있었다.

  충청도 사람끼리 주고받는 말을 문학작품에서 만끽할 수 있기로는 이문구 소설을 따를 것은 아직 못 봤다. 시에서는 단연 이정록이다. 시가 원래 소설에 비해 인물의 스토리를 직접 살리는 것도 인물이 하는 말을 살리는 것도 아닌 장르인데도 그렇다. 예로부터 "산문은 보령, 시는 홍성"이었단다. 조선 중기 허균의 스승격이던 시인 손곡 이달, 독립운동가며 시인인 만해 한용운……게다가 내포란 곳이 포구에다가 곡창이라서 화류계에 소리꾼이 넘쳐났다. 최선달, 한성준, 김영동, 장사익 같은 국악인들이 이를 알려준다. 동편제의 발원지가 홍성군 결성면 성남리다. 한편 여기에 최영, 성삼문, 김좌진 등으로 대표되는 충절과 반골의 정신사가 스며 있단다. 생활협동조합 식의 풀뿌리민주주의 운동이 활발한 곳도 홍성이다. 이정록에게 이런 지역사의 맥락을 전해 듣고 보니 그 시가 더욱 잘 이해되는 것 같다. 그냥 지금 충청도에서 사는 사람들만의 이야기가 아니라 그 안에, 지나온 것들, 거창하게 말해 역사나 문화나 풍속이나 정신이나 하는 것들이 아울러 담겨 있다는 것, 그래서 그 시가 한껏 해학성을 자랑하면서도 그 근저에 서민 사회의 건강성을 훼손하는 만연된 독점자본주의의 허상을 은연중에 고발하는 저항성이 깔려 있게 된다는 것 등……

이정록 시에서 대화시이자 이야기시의 압권은 역시 '어머니의 수다스런 말'로 겉말을 이룬 시들이다. 이로부터『어머니 학교』(2012)라는 시집까지 냈다. 어머니 수다 얘기가 워낙 많아 그렇지 할머니, 아버지, 동네 아낙네, 버스 기사 등등 모두 입담이 세다. 또한 아버지 말로 시를 창작한 것을 모아『아버지 학교』(2013)도 냈다.

티브이 잘 나오라고
지붕에 삐딱하니 세워논 접시 있지 않냐?
그것 좀 눕혀놓으면 안 되냐?
빗물이라도 담고 있으면
새들 목도 축이고 좀 좋으냐?
그리고 누나가 놔준 에어컨 말이다.
여름 내내 잘금잘금 새던데
어디다가 물을 보태줘야 하는지 모르겠다.
뭐가 그리 슬퍼서 울어쌓는다니?
남의 집 것도 그런다니?

―「물 ―어머니학교 12」전문

아들아, 저 백만 평 예당저수지 얼음판 좀 봐라. 참 판판하지? 근데 말이다. 저 용갈이 얼음장을 쩍 갈라서 뒤집어보면, 술지게미에 취한 황소가 삐뚤빼뚤 갈아엎은 비탈밭처럼 우둘투둘하니 곡절이 많다. 그게 사내 가슴이란 거다. 울뚝불뚝한 게 나쁜 것이 아녀. 물고기 입장에서 보면, 그 틈새로 시원한 공기가 출렁대니까 숨쉬기 수월하고 물결가락 좋고, 겨우내 얼마나 든든하겠냐? 애비가 부르르 성질 부리는 거, 그게 다 엄니나 니들 숨 쉬라고 그러는 거. 장작불도 불길 한번 솟구칠 때마다 몸이 터지지. 쩌렁쩌렁 소리 한번 질러봐라. 너도 백만 평 사내 아니냐?

　　　　　　　　　　　　　　　　　　—「사내 가슴—아버지학교 1」 전문

어머니 아버지에 '학교'라는 말을 바로 붙인 것은 그분들의 말이자 삶이 곧 '학교'처럼 가르침을 준다는 뜻이겠다. 어머니 아버지가 자식한테 학교 아닌 예가 잘 있을까만 이 시집들은 그런 일반적인 것과 다르다. 어머니 아버지가 가르치는 말과 삶이 일반적인 것에조차 못 이를 정도로 사소한 것인데 그게 어떤 일반적인 것에서 얻어지는 가르침보다 더 새롭게 각인되고도 남는다. 「물」에서 어머니는 지붕에 설치해놓은 파라볼라 안테나가 텔레비전 방송 수신용이라는 사실을 모르고(모른 척해 버리고), 그 무식을 전연 부끄러워하지 않고 '그걸 눕혀서 빗물이라도 받아 쓰면 좋겠다'는 바람을 피력한다. 그 빗물은 하다못해 날아가던 새라도 와서 먹고 갈 수 있으니 좀 좋으냐는 식이다. 여름 동안 에어컨에서 나는 물소리는 냉각기에서 수분이 고여 배관 호수로 흐르면서 나는 것이지만, 그걸 알 턱 없는 어머니는 또 '새는 물을 어떻게 보충하느냐'로 염려하고 있다. 나아가 그걸 우는 소리로 착각해(착각한 척), '뭐가 그리 슬퍼 우느냐'는 식으로 눙친다.

「사내 가슴」에서 아버지는 가부장제 집안의 가장답게 살아오지 않았으면서도 집안 식구들한테 툭하면 부르르 성질 잘 내는 그런 가장이었다. 자신의 그런 태도를 죄스러워하기는커녕 그게 '사내 가슴이 원래 곡절이 많아서' 그런 거라고 둘러댄다. 얼음장 밑이 우둘투둘해 물고기들한테 숨 쉴 틈이 생겼듯이 집안에서 부르르 대해서 가족들한테 숨 쉴 틈을 주는 거라고 갖다 붙인다. 아들에게 멋있는 비유로 부리는 허세가 보통이 아니다.

어머니 아버지는 이런 존재다. 무식해서 용감하고 가진 것 없어서 당당하다. 시골에서, 농촌에서 사는 우리 이웃들이 대체로 이렇다. 그런데 이들은 없어도 베풀 줄 알고 꿈꿀 줄 안다. 먹을 것 하나 없어도 새들이 마실 물도 걱정하고, 한 뼘 땅도 제대로 못 갖추고는 눈앞 저수지 얼음판 백만 평이 내 것이 된 양 소리칠 줄 안다. 가난하고 무식한 어머니 아버지는 이렇게 이웃과 자연을 향해 베풀 줄 알고 꿈꿀 줄 아는 사람들이다. 그걸 말로 삶으로 가르치는 학교다.

시인은 지구에서 어떻게 숨 쉬는가

3. 청소년과 놀고 동심으로 산다

이정록은 고등학교 한문 교사로 35년 봉직 중이다. 그만두고 싶겠구나 싶은데 대답이 그게 아니다.

— 애들하고 노는 게 좋아서 그만두고 싶은 생각이 없다.

교사거나 교수거나 아니면 일반 직장인이거나 간에 20년 이상 같은 직업에 있던 사람들의 공통점은 '빨리 그만두고 여행이나 실컷 다니고 싶다' '시골 가서 농사나 짓고 살련다' 식 바람을 거침없이 내뱉는다는 점이다. 이정록의 답이 그게 아니라서 속으로 "아, 그래?" 했다. 이렇게 사는 시인도 있구나, 하는 생각 반, 아직 세상살이의 쓴맛을 덜 봐서인가, 하는 의구심 반이었다.

— 두 살 어린 상태로 사범대학 인문계열에 들어가 따돌림당하지 않으려고 대학 내 행사에 사회자로 나서곤 했다. '금슬악회'라는 국악동아리에 가입했는데 여름 겨울 각 보름씩 30~40명이 모여 한양대, 서울대 국악과생들을 초빙해 합숙을 했다. 초등학교 교실에서 자고 강가에서 소리와 가락을 배웠다. 고교 때 주눅 들어 지냈는데 대학 가서 이렇게 사니까 술 먹고 기분 좋고 키도 크더라. 그렇게 잘 지내다 학점이 안 돼 국어과를 못 가고 불

모성의 무한 양분을 받아 옆으로 아래로 — 천안에서 만난 이정록

어교육과는 아예 불가능한 쪽이어서 한문교육과를 갔다. 피차 한문을 몰랐는데 도리어 내가 좀 더 아는 축이더라. 덕분에 한문 공부를 하게 됐다. 대학 4학년 때 한시를 배웠다. 졸업하고 바로 한문선생이 됐고, 한자와 한문을 조금 맛본 것이 시 쓰는 데도 많은 도움이 됐다.

시인으로서 동시나 청소년시에 대해서도 일관된 시적 관점을 유지하고 있다는 점도 이정록의 남다른 바다. 인간과 자연을 선입견 없이 바라보는 자리에서 시가 생기고 그것은 사물을 처음 대하는 어린아이의 마음과 그대로 통한다는 것. 시골 사람들의 순박한 내면과 주변 자연물의 천연적인 생태를 잘 다룬다는 점에서 시와 동시는 한 흐름이 된다는 것. 이정록의 동시는 시의 연장선이자 출발점에 있다는 것. 이런 뜻이니 동시집 3권 정도는 어쩌면 당연하다 할 수 있다.

반면 청소년시는 아직 장르 정착도 안 돼 있고 실제 개념 설정을 하기도 쉽지 않다. 교육 환경이 달라졌다 하나 입시를 위한 지식 습득 아니면 뚜렷이 표방할 게 없다는 것이 현 중고등학교의 교육 현실이라고들 알고 있다. 그들이 쓰는 문학은 대개 '소녀 취향'이거나 기성 흉내에 그칠 것이며, 생생한 그들만의 표현은 문학으로 승화되기 어렵다는 것이다. 그런데 그걸 곁에서 보는 어른의 관점에서의 '청소년문학'은 과연 무엇일까? 이건 어른이

시인은 지구에서 어떻게 숨 쉬는가

동심으로 돌아가 쓰는 동시와는 판이한 것이다.

— 동시는 어린이들이 그 자체로 받아들인다. 청소년기에 일반시는 학생들에게 학습 대상으로만 읽힌다. 청소년들에게는 문학은 없다고도 할 수 있다. 그런 청소년에게 더 가까이 가서 교감하는 기분으로, 새롭게 썼다. 기획적 관점에서는 안 나오는 시들이다. 내가 겪었고 청소년 자신이 겪어서 서로 공감되는 이야기다. 어쩌면 이건 사각지대일 수 있다. 대개는 '못난 애들' 중심이 된다. 그래서 읽는이는 '시 속 인물보다는 내가 낫다'는 위로를 받는다. '못난 애들'이지만 긍정적으로 사는 모습을 담는다. 교육자가 읽는 시가 아니다. 청소년 자신이 읽고 공감하는 시를 써야한다. 당연히 예술성도 유지돼야 진정한 가치가 있다.

할머니와 어머니와 아버지, 그리고 이웃들은 삶으로 시를 써왔다. 그 삶은 없어도 넉넉하고 당당한 거였다. 거기에 동심이 있고 해학이 있고 저항이 있었다. 그 마음이 사각지대에 놓인 청소년의 삶과 생각을 통해 새롭게 뻗어나가는 자리에 청소년시가 있겠다 싶다. 그러나 청소년을 다룬다 해서 결코 심각해지지 않는다. 이정록의 시는 거의 언제나 눙치는 겉말, 재치 있는 비유에 싸여 있다가 나중에 그 안에 감추고 있던 어떤 중요한 의미로써 빛을 제대로 뿜는다.

청소년들과 노는 게 좋다 했지만 일 년쯤 뒤 그만두고 이미 운영중인 '만해문예학교' 등에 참여할 예정이란다. 이것에 대해서도 설명을 시작하니 말이 길어지고 있다. 몇 달 뒤 2월 313개 시어를 사전 형식으로 재미있게 풀이한 동심언어사전도 낸단다. 지역에서 어른과 청소년과 아이들을 위해 시로 삶으로 이렇게 할 일을 많이 하고 앞으로도 할 사람 많지 않다.

*

2017년 초겨울 천안에서 이정록을 만나 나눈 것을 그해 『시인동네』 12월호 실었고, 이번에 오타 몇을 바로잡았다. 그때 학교를 그만두고 할 일을 미리 계획했다 했으나 아직은 실행에 옮길 단계에 이르지 않았다. 대신 그 사이 겹낱말 316개를 시로 풀어 쓴 『동심언어사전』을 시집으로 냈고, 곧 동시집도 또 출간하게 되는 등 '짧은 시'의 대한 관심이 특히 여간 아니다. 최근 디카시 문학상을 수상한 것도 이 과정의 일이다.

— 작위적인 시의 건축술과 시론을 잊어버리고, 시적인 찰나의 언어에 펜을 들이밀고 있다. 자유자재의 글쓰기. 다시 시 삼백을 꿈꾼다. 독자의 가슴으로 직방으로 직진해서 날것의 감흥을 일으키는 시. 코로나19를 거치면서 더욱더 살림의 문학을 생각한다.

시인은 지구에서 어떻게 숨 쉬는가

독자와 따로 노는 것도 '죽임의 문학'이고, '죽이기의 시'라는 반성을 하고 있다. 시를 끌고 빌딩 피뢰침 끝으로 올라가지 말자고 다짐한다. 작가는 고립으로 높아지는 게 아니라, 연대로 넓어져야 한다는 생각이다.

이런 고백은 단순히 '짧은 시'에 대한 개인적 선호를 말하는 것도 아니고 그것의 효용에 대한 옹호에 머무는 것도 아닌 듯하다. 이건 거의 이정록의 시적 시향, 철학 이런 것에 가 닿는다.

— 형식의 효용속담보다도 더 낮은 부뚜막으로 가자. 다시는 시의 감옥에 갇히고 말자. 독자의 마른입에 토끼풀잎처럼 단순한 기쁨을 선물하자. 토끼풀꽃처럼 고고한 목울대의 자존을 갖자. 저 낮은 초록 안에 행운과 행복이 있다. 살림의 문장과 숨 쉬는 시의 행간에서 토끼처럼 놀자. 나비처럼 날자. 그리고 쟁기 보습 날이 다가오면 흙 속 깊이 들어가서 또 다른 뿌리가 되자.

모성의 무한 양분을 받아 옆으로 아래로 — 천안에서 만난 이정록

부풀어 오르는 것들은 공포다 안에 등 달린 것들이
들어 있다

─ 이원, 「애플 스토어」에서

이원 1968년 경기도 화성에서 출생한 이원은 중2 때부터 서울에 와서 지금까지 거주하고 있다. 1992년 『세계의 문학』 가을호에 「시간과 비닐봉지」 외 3편으로 등단한 이후 시집 『그들이 지구를 지배했을 때』(1996), 『야후!의 강물에 천개의 달이 뜬다』(2001), 『세상에서 가장 가벼운 오토바이』(2007), 『불가능한 종이의 역사』(2012), 『사랑은 탄생하라』(2017), 『나는 나의 다정한 얼룩말』(2018)와 산문집 『산책 안에 담은 것들』(2016), 『최소의 발견』(2017), 『나는 나의 다정한 얼룩말』(2018) 등을 냈다. 현대시학작품상, 현대시작품상, 시로여는세상작품상, 시작문학상, 형평문학상, 시인동네문학상 수상.

공포를 품은 매혹의 세계
― 이원과 함께 애플 스토어를 찾다

1. 2000년대의 선험(先驗)으로서의 1990년대

1990년대 등단 시인을 대상으로 연재를 시작한 의도는 이렇다. 5.18(1980)부터 6.10(1987)까지 역사도 문학도 한없이 뜨거운 시대를 지나고, 그러고 나서 숨고르기를 하며 1990년대를 맞았구나 싶었더니, 어느새 온 세상에 '세기말 이미지'가 넘쳐나면서 그 시기 출연 시들마저 그 이전 문학세대로 묶여 도매금으로 정리되고 지나가버린 듯했다. 그러고는 곧바로 21세기였으니, 그들 시인들은 등판도 제대로 하지 않았는데 공연히 낯익은 구질의 투수처럼 마운드를 내려와야 하는 처지가 되었지 않았나. 그 시인들을 불러내 그 시절 어떻게 살았는지를 들어보면 해당 시기의 시사에 대한 되비침 효과가 나지 않을까 했던 것이다.

그리고 내심 또 다른 의도 하나가 있었지만 그건 드러내기 두려웠다. 1980년대로부터 세기말을 거쳐 새 세기로 이어지는 그 과정에서 실제로 1990년대적인 '세기의 전환'을 표방하는 감성 같은 것이 큰 몫을 했는데 그것은 또한 그 뒷세대인 2000년대적인 것인 양 쉽게 설명되고 있는 듯 보였다. 바로 그런 시인들도 만나고 싶었다. 그런데 그러지 못한 것이, 실은 그 시들을 설명하는 데 필요한, 그 이전 세대에 대한 것과는 분명히 다른 독법을 미처 마련하지 못했기 때문이었다. 그러니, '세기의 전환'을 대표하는 한 시인, 이원을 일찌감치 떠올리고도 정작 말을 붙여볼 엄두를 못 내고 있었던 것이다.

이미 소문난 바와 같이 이원은 '나는 클릭한다 고로 나는 존재한다', '야후!의 강물에 천 개의 달이 뜬다' 등의 언술로 "디지털적 감수성과 미적 감각으로 한국 시의 혁신을 주도한 일군의 2000년대 젊은 시인들의 선구적 계보"(함돈균, 「불가능의 고도, 절벽의 꽃나무」)에 자리해 있다. 그런데 2000년대 젊은 시인의 선구이지만 그 연대는 사실 시집 『그들이 지구를 지배했을 때』(1996)와 『야후!의 강물에 천 개의 달이 뜬다』(2001) 등의 시들이 주로 창작된 1990년대였다. 그 점에서 바로 '선구'라는 얘기겠는데, 이 때문에 다른 한편에서는 이 선구로부터 이어진 2000년대 시들이 일명 '미래파'로 수사(修辭)되면서 '잘 안 읽히는 주류시'를 일궈버렸다는 사실까지 고려해야 하는 대상이 되고 말았다. 즉, 이 글은 1990년대 등단 시인으로 그 자체의 무게로 빛나는 이원 시

시인은 지구에서 어떻게 숨 쉬는가

에 대한 되비침이자, 이전 시대에서 2000년대로 넘어가는 과정에서 마련해두고 싶었던 낯선 독법의 뒤늦은 선험(先驗)이 되는 셈이다.

2. 몸에 탯줄 같은 플러그를 달고

1990년대…… 1980년대의 역사적 광풍이 잦아들어 제각기 집으로 돌아가 제 몸을 돌아보기 시작하던 시기, 누군가는 그 역사의 연대를 살아온 이들이 지금 어디에서 무얼 하느냐를 묻고(후일담 형식), 누군가는 그동안 드러내지 않았던 여성의 자의식 문제를 비로소 드러내고(페미니즘), 누군가는 훼손된 서정의 세계를 회복하는 감성을 새롭게 매만지고(신서정), 누군가는 영상매체가 종이책을 압도하는 시대의 문학에 대한 재인식을 촉구하는(문화환경론) 그런 시대가 1990년대였다. '역사 위의 문학'이라는 인식이 주류를 이루던 1980년대에 비해 이 시기는 그만큼 다양했으되 그만큼 '주변적'이었다. 이 시대의 새로운 대표적인 무기가 바로 '비디오'와 '컴퓨터'였는데, 이로부터 이 무기를 다루는 두 유형의 문학적 태도가 파생되었다. 달라진 매체환경에 침윤된 현실을 '디스토피아적 이미지'로 담아내는 게 그 하나고, 생태주의적 가치관을 근저로 그런 현실을 비판하는 게 그 둘이었다. 이원은 이 둘과는 유다르게, 그 변화하는 문명을 기꺼이 바라보되 그것에 거리를 두고 그 자체를 객관화함으로써 독특한 시 세계를 창출했다 할 수 있다.

이 시기, 컴퓨터로 통신이 시작되더니 어느새 인터넷이 상용화되고 있었다. 종이에 작품을 쓰던 시인들은 컴퓨터(PC) 자판을 두들겨 자신의 글을 화면으로 보고 고쳐 작품을 완성하는 데 그치지 않았다. 화면에 찍힌 글을 종이로 옮기거나 그 종이를 우편을 통해 발송하거나 하지도 않았다. PC상에서 글을 찍고 그걸 원본 그대로 바로, 기다리는 사람한테 전송하는 데 익숙해져갔다. 자판과 화면과 전자시스템이 아니면 이제 시인은 글을 쓰지도 그것을 전달하지도 못하는 존재가 되었다.

내 몸의 사방에 플러그가

빠져나와 있다

탯줄 같은 그 플러그들을 매단 채

문을 열고 밖으로 나온다

—「거리에서」에서

시인의 몸은 이제 사방과 플러그로 연결돼 있을 때만 시인인 거였다. 시인은 '클릭'으로써 그 존재를 증명할 수밖에 없다. 기계와 접속해 있음으로써 인간이 비로소 인간이 되는 이 놀라운

시인은 지구에서 어떻게 숨 쉬는가

시 낭독회

현실이 거듭 창출되고 있으니 그것은 매혹일 수밖에 없고 또한 앞으로 그것이 어떤 단계로 변화해 갈지 몰라 공포다.

'너'가 있어야 호흡했던 세월의 공기를 '너'에게 다시 보낸다. 내려야 할 곳을 한참 지나와버린 곳까지 끌고와 헉헉대며 이곳에서 보낸다 〔…중략…〕 잠시 그 세월의 심장 속에 '나'를 담근다. 캄캄한 한가운데로 시간의 커서가 내려가고 있다 온몸이 차다 숨이 막힌다 닿아야 할 그곳에 닿기 전에 기어이 종료 키를 누른다 캄캄한 모니터 화면 속으로 수평선이 무너지고 있다 그 수평선 속의 공기인 매듭을 '너'에게 보낸다.

— 「PC – 서시」에서

공포를 품은 매혹의 세계 — 이원과 함께 애플 스토어를 찾다

PC 앞의 인간은 곧 PC 속에 자신을 넣고 존재한다. 현실에서 뚜렷하지 않던 인간의 생각과 느낌은 PC 속에서 뚜렷한 형체를 지닌다. '종료 키'를 눌러도 그건 사라지지 않는다. 왜냐하면 심장이 이미 그것을 기억하고 있으므로. 심장은 캄캄한 모니터 화면 속으로 무너지는 수평선에 가 닿아 있다. 사라지는 모니터 화면은 속 수평선은 매혹으로 남고 그리고 그것이 새롭게 떠오를 때의 공포로 예감된다. 모니터의 세계, PC의 세계 즉 사이버의 세계는 매혹과 공포로 우리를 이끈다. 이 매혹과 공포의 감정을 일으키는 상태를 이원은 저 유명한 데카르트의 코키토로 빗대 "나는 클릭한다 고로 나는 존재한다"(「나는 클릭한다 고로 나는 존재한다」)라는 말로 명제화했다. 이로부터 1990년대의 한 시인이 아니라 새로운 세기의 '선구'가 된 이원은 그 속도를 늦추지 않고 시의 공간과 변화무쌍한 기계문명의 세계를 접목시켜 왔다. PC를 클릭하던 시인은 이제 빅데이터의 현존 기기인 스마트폰을 통해 '원본'을 압도한 기계세계의 움직임에 직면해 있다.

숲이 된 나무들은 그림자를 쪼개는 데 열중한다

새들은 부리가 긴 곳에서 제 소리를 냈다

다른 방향에서 자란 꽃들이 하나의 꽃병에 꽂힌다

늙은 엄마는 심장으로 기어 들어가고

의자는 허공을 단련시키는 일을 멈추지 않는다

같은 자리에서 신맛과 단맛이 뒤엉킬 때까지

사과는 둥글어졌다

— 「애플 스토어」(19쪽) 전문

이원은 「애플 스토어」라는 시를 10편 썼고 그 중에 6편은 내버려두고 4편을 시집 『사랑은 탄생하라』(2017)에 실으면서 일련번호를 붙이지도 않았고, 차례를 무시하고 띄엄띄엄 실었으며, 대체로 그 시들은 이전과 다른 독법을 지닌 독자와 접속되기를 원하고 있다. 그런 한 독자로 나서서 이 한 편을 대하니, '애플 스토어'를 '사과상점'으로 단순무식한 직역으로 이해해서는 안 되지 싶다가도, 그렇다면 '스마트폰을 창시한 애플 아이폰 회사의 직영 소매점'이라는 뜻만으로 이해되어야 할 텐데 그것만도 아닌 듯하는 생각 앞에서 혼돈에 빠진다. 애플은 애플사의 애플이자 사과상점의 사과이기도 한 게 아닌가 싶은데, 그런데 '새가 부리가 낀 곳에서 제 소리를 낸다'라거나 '늙은 엄마가 심장으로 기어 들어간다'는 말 뜻은 또 뭐냐 싶다. 그러다가 다시 '다른 방향

공포를 품은 매혹의 세계 — 이원과 함께 애플 스토어를 찾다

서울 강남구 신사동 가로수길 입구
이정표 앞에서

에서 자란 꽃들이 하나의 꽃병에 꽂힌 것'처럼 원본과 가상이 뒤섞여 마치 '신맛과 단맛이 뒤엉긴' 한 개의 사과가 되고 또한 서로 다른 많은 것이 집약돼 하나의 애플 제품 안에서 통합되니까 이야말로 인간과 기계가 하나요, 원본과 가상이 하나요, 현상과 근원이 하나인 그런 세계…… 바로 이것이 이원의 시「애플 스토어」가 아닌가 하는, 결론 같기도 하고 아닌 것 같기도 한 결론에 도달해 버리게 된다.

시인은 지구에서 어떻게 숨 쉬는가

3. 매체 전환기의 매혹과 공포

이원은 1992년 등단 이후 2017년까지 시집을 다섯 권 냈다. 26년 간 5권이면 이즈음 속도로는 좀 더딘 운행이다. 게다가 '야후!의 강물' 이후는 여기저기 반긴 고급 시인으로 발표량도 연간 20편 이상이 예사다. 더디게 시집을 엮으면서 많은 편수의 시를 버린단다. 그뿐 아니라 시집 한 권을 하나의 맥락에서 재구성하면서 위의「애플 스토어」의 예처럼 연작 번호도 안 달아 같은 제목의 시편이 여러 편 있게 되고 그것도 연이어 싣지 않고 띄엄띄엄 배치하니, 이는 특히 같은 시집『사랑은 탄생하라』안에서「애플 스토어」말고도「플라밍고」「4월의 기도」「오늘은 천사들의 마지막 날」등의 시들로 확인된다. 시집에 제목을 정하면서도 시 제목도 아니고 시 구절로도 안 나오는 제목('야후!의 강물에 천 개의 달이 뜬다' 등)을 선정하기도 한다. 이건 대단한 자기 검증이 아닐 수 없다.

— 쓴다는 행위는 손에 펜을 들고 종이에다 쓰는 거였는데 PC는 그게 아니었다. 새로운 손이 생기고 새로운 눈이 생겼다고 할까. 그건 충격이었고 동시에 매혹이었다. 나는 아날로그 문화에서 인터넷 매체시대로서의 전환에 매혹되었고 동시에 공포를 느꼈다. 나는 그걸 쓰기 시작한 것이다. 발표할 때는 큰 반향이 없

었다. *2001년 시집이 나오고부터 반응이 있었다. 이런 방법으로 시를 쓰는 것이 가능하겠다는 '방법론적 시각'도 생겼다. 한편으로 소재주의가 아닌가 하는 비판도 없지 않았다.*

1990년대 중반 김영하는 단편 「호출」에서 호출기(삐삐) 속에서 불려나오는 여성으로써 문학작품에 '사이버공간'이 들어선 예를 보여주었다. 그건 20세기 중반까지의 SF에서는 표현된 적이 없는 공간이라 할 수 있었다. 윌리엄 깁슨(William Gibson)이 처음 '사이버 스페이스(scyber space)'라는 용어를 명명해 사용한 것으로 알려진 과학소설 『뉴로맨서(Neuromancer)』(1984)에서부터 영화 「토털 리콜(Total Recall)」(1990)을 거쳐 「매트릭스(The Matrix)」(1999)에 이르는 변화가 우리 문학에 있었으니, 시문학에서 이 '사이버' 관련한 감각을 줄곧 밀고 간 시인이 이원 아닐까. 그저 소재주의일 리가 없고, 그냥 방법론적 시각 정도가 아닌 것이다.

대체로 시인들은 문명적인 것에 체질적인 거부감을 보이게 마련이다. 보통은 빌딩과 자동차 안에서 바다와 숲을 꿈꾸는 게 시다. 아니면 문명의 불길한 미래를 전망하면서 인간의 비인간화를 경계하는 게 시다. 분명 시를, 한국의 서정시를 충실히 공부했을 이원은 왜 그렇지 않은가. 유치하지만, 과거를 캐서라도, 아직은 잘 읽어낼 수 없는 현재의 근원을 밝혀내 결국 이 현재를 제대로 읽어야 한다. 이원 읽기는 이원 읽기 자체이자 결국 지금의

시인은 지구에서 어떻게 숨 쉬는가

2000년대를 읽는 것과 같은 것이므로.

— 화성시에 있는 양감이라는 곳에서 태어났고 서해 바닷가인 조암에서 중2까지 살다가 서울로 와서 지금까지 살고 있다. 그러니까 바다와 산이 내 몸 안에 있다. 서해 염전으로 떨어지는 해를 보면서 자랐다. 그 몸에 서울이 쌓인 것이다. 내 몸에 자연과 도시가 같이 있더라. 내가 쓰는 시, 내 시선에도 그 둘이 같이 있다. 둘이 충돌할 때도 있고 거울처럼 비출 때도 있는데, 그 다른 둘을 가지고 있다는 것이 좋다. 어려서부터 편지쓰기 같은 것을 좋아했다. 글쓰는 분위기를 좋아해 서울예술대 문예창작과에 진학했다.

— 학교 다닐 때는 자유로운 분위기에서 이것저것 써보며 지냈다. 2학년 때 시창작을 하면서 시가 살아있는 생물 같다는 생각을 했다. 졸업 후 6개월 간 오규원 선생님의 연구실에 출근해 『현대시작법』 정서를 도와드리는 동안 시가 재미있다는 것을 더 알게 되었다. 그때부터 2년 동안, 화요일을 혼자의 마감일로 정해놓고 매주 2편씩 썼다. 한번이라도 어기면 그만 둔다 마음먹고 했다. 처음에는 재미있어서 썼고, 나중에는 정말 마감에 쫓기면서 썼다. 등단작들이 모두 그때 쓴 것이다.

— 내용이든 형식이든 나만의 새로운 방식을 찾고 싶은 마음이 컸다. 단편적인 예로 산문시를 쓸 때 들여쓰기 없이 박스 형태의 외형으로 시를 쓴다. 잡지에 게재될 때 실수로 들여쓰기가 되어 책을 나오면 나는 그게 단추를 잘못 채우고 길을 나선 것처럼 불편하게 느껴진다. 이제는 오래된 습관인데도 매번 그렇게 하고 있으니, '왜 이러고 있지' 하는 자문을 할 때도 있다.

— 어릴 때부터 기계가 작동되는 다음 장면이 궁금했다. 이를테면 꺼진 텔레비전의 다음 단계 같은 걸 보려고 텔레비전 뒤쪽을 기웃거리곤 했다. 트렌드에도 관심 많다. SF도 좋아한다. 캄캄한 큰 홀의 한 좌석에 앉아서 대형화면을 바라보는 영화관이라는 형태도 좋다. 오지 않는 세계를 예감하기를 즐긴다.

— 현대와 고전이 양립하는 의식 세계 같은 것이 있다. 그 양면의 가치가 충돌하니까, 그 화해는 못 보여주니까 각각의 시에 따로따로 나오곤 한다. 이 둘이 만나는 것이 「애플 스토어」 같은 시다. 스티브 잡스를 좋아한다. 기존의 시선에 대해 저항적이면서도 한쪽 축에는 명상을 놓았다. 그로부터 최소한의 것 안에 전위를 담아냈다. 과일과 기계가 함께 존재하는 세계를 발명했다.

신축 공사 중인 애플 스토어 직영점
뒤편에서. 왼편 건물 벽이
'애플 스토어' 외벽이다.

4. 인간과 문명이 대화하는 때

부풀어 오르는 것들은 공포다 안에 등 달린 것들이 들어 있다

구름은 얼룩이다 알아차리자 그 자리에서 멈춘다

새는 바닥에 떨어졌다 오래 죽은 척하고 있다

—「애플 스토어」(36쪽)에서

공포를 품은 매혹의 세계 — 이원과 함께 애플 스토어를 찾다

젖은 비둘기를 안고 낮에 아이가 찾아왔다

억지로 물을 넣었냐고 했다

아이는 나만 뚫어져라 쳐다보았다

　　　　　　　　　　　　　─「애플 스토어」(45쪽)에서

　이원은 「애플 스토어」로 지구에서 우주로, 육지에서 바다로, 삶에서 죽음으로 오가고 있다. 거기 유년과 미래가, 세월호를 탄 아이와 거기서 죽은 아이와 거기에서 되살아나온 아이가 있다. 여전히 그 세계는 현재이자 미래이고, 현실이자 가상이다. 모호하고 다원적이다. 매혹이고 공포인 그런 세계다. 그 세계를 알고자, 즉 이원의 시를 읽고자, 2000년대로 들어가는 시 독법을 얻고자 이원을 '애플 스토어'가 신축되고 있는 서울 강남구 신사동 가로수길로 불러낸 것이다. '애플 스토어'는 연말에 완공된다 했지만 이 글을 쓰고 있는 현재까지 공사 중이다. 가린 장막 뒤에서 여전히 공사가 진행되고 있다. 그 세계는 무엇을 숨기려는 것일까. 분명한 것은 우리는 지금 가상이 현실을 대체하는 세계로 가고 있다는 사실이다. 게다가 놀라운 것은 그 가상이 현실에 전혀 적대적이지 않다는 사실!
　그 사실을 말하는 이원은, 현실에서는 전혀 '변화하지 않고 사는' 사람이다. SNS도 안 하는 시인이다. 그런데 그 시인의 입에서 나오는 얘기는 끝없이, 현실을 품어버릴 가상의 세계에 관한 것이다.

— 몇 년 전 본 테크놀로지 전시가 떠오른다. 비트코인의 현 상태를 작품화한 것이었다. 이제 인류는 현실과 가상의 경계가 없는 본격적인 상태로 진입한 것 같다. 휴머니즘이라는 것을 놓아버려야 하지 않을까 한다. 인간의 위치를 옮겨야 하지 않을까 한다. AI에 대해서도 인간은 인간중심으로만 이해하게 되는데 AI는 인간이 끝까지 조종할 수 있는 대상이 아니라 그 자체로 하나의 주체가 아닌가 하는 생각이 필요할 때다. 그건 그냥 중심 없이, 또는 그 자체가 중심으로 존재하는 것이라는 생각. 사과와 애플이 만나듯, 인간과 AI가 만난다는 생각.

— 인간이 세계를 조종한다고 생각한다 하지만 실은 인간은 인터넷, 빅데이터에 조종을 당하고 있는 것 아닐까. 이제 인간은 디지털 문명과 어떻게 대화할 것이냐 하는 것이 중요하다. 우리는 여전히 인간과 문명을, 자연과 도시를 대립적으로 두는 측면이 강한데 이제 이 둘은 진정한 대화를 해야 할 때이다.

— 우리는 실제로 기계를 신뢰한다. 현실의 모호함보다 기계의

공포를 품은 매혹의 세계 — 이원과 함께 애플 스토어를 찾다

미국 캘리포니아 주 쿠퍼티노에 있는 애플 파크 건너편의 애플 스토어 내부. UFO 모양을 닮은 애플 파크의 모형 둘레에 에 관람객들이 모여 있다.

완전함을 믿는다. 이제 석유가 많은 나라가 아니라 빅데이터가 많은 나라가 강국이 됐다. 빅데이터를 개인이나 특정 나라를 위해서만 쓰면 위험에 빠지겠지만, 지구 공동체라는 방향을 갖는다면 새로운 전환기라고 할 수 있지 않겠는가. 나는 이런 변화하는 세계에 공포와 더불어 여전히 매혹을 갖고 있다. 인류의 미래에 대해 섬세한 방향을 가져야겠는데 물론 시인이 그런 단계에 이르지는 못할 것이다. 그러나 우리가 어디에 위치해 있느냐 하는 예측은 시가 나름대로 정확하게 포착할 수 있다고 생각한다.

놀랍지 않은가! 우리는 가 닿을 곳은 모른다 해도 우리가 가고 있는 지금이 어디인지는 알아야 하지 않겠느냐고 말하는 시인.

그 시는 그래서 공포스럽지만 매혹적인 그런 세계였던 거 아닐
까.

*

2017년 겨울, 애플사의 직영점이 한국에 처음 들어선다는 서
울 강남구 신사동 가로수길를 택해 이원을 만난 것은 특히「애플
스토어」연작으로부터 자연스럽게 말문을 열려는 의도였다. 말
을 하다 보면 그 시를 비롯해서 이원 시 전반이 잘 설명되겠거니
했다. 제법 많은 대화를 나누었으나 그 말들은 이원 시를 푸는 진
정한 열쇠가 되지는 않았다. 내 이해력이 끝내 미치지 못하는 채
로 원고를 마감해 2018년 『시인동네』 2월호에 실었다. 그 무렵
완공 직전인 '애플 스토어'는 장막으로 가려진 채 마무리 공사가
한창이었다. 사진을 찍지 말라는 인부의 시선을 피해(짓고 있는 건
물을 건설인부가 찍지 말라고 하는 게 적법한 건지 잘 모르겠으나) 한쪽 구
석에서 사진을 찍다보니 구도가 영 안 잡혔다.

원고를 넘긴 것은 미국행 비행기를 탑승하기 직전의 대합실에
서였다. 마침 실리콘벨리(CV) 지역의 산호세에 먼저 일정이 잡혀
있어서 그 인접 도시 쿠퍼티노의 애플 본사 새 사옥 '애플 파크'
에 가볼 수 있었다. UFO를 닮은 건축물, 고 스티브잡스가 기본
설계를 한 거라는 '애플 파크'에 들어가지는 못하고 멀찍이 눈대

중해 보면서 건너편에 있는 '애플 스토어'에 들어가 천천히 모형 관람을 하는 것으로 대신했다. 애플 스토어, 애플 스토어, 애플 스토어…… 여러 번 되뇌며 '이것은 정말 사과와 문명이 결합된 세계일까' 하고 자문해 보았다. 한참 뒤 이원의 시 「애플 스토어」에 화답하는 시를 썼지만 그 시마저 이미지가 모호한 채여서 아직 발표하지 않고 있다.

이원은 그 사이 20편 정도로만 한 권을 묶는 시집 시리즈('현대 문학 PIN')에 응해 시집 『나는 나의 다정한 얼룩말』(2018)을 냈다. 내 감각은 겨우 "악몽을 흔들어 깨우기 위해서는 계속 잠들어야 한다는 것"(「얼룩말은 불행하다는 관점」)이라는 아이러니에 닿을 뿐 더이상 진전하지는 않고 있다. 이원에게 코로나19 이후 정황을 묻기가 더욱 버거워졌다.

시인은 지구에서 어떻게 숨 쉬는가

사랑할 때만 실체가 돋아나는 종족이 있다, 그들이
속삭이는 언어는 시에 가깝다.
— 박정대, 「시」에서

박정대 1965년 강원도 정선에서 태어나 그곳에서 중학교까지 다녔다. 춘천에서 고등학교를 마치고 고려대 국문과에 입학했다. 졸업을 앞둔 1990년 『문학사상』으로 등단했다. 30년 가까이 교사 생활을 하는 틈틈이 시를 쓰고 여행을 해오면서 1997년 첫 시집 『단편들』에서 2019년 『불란서 고아의 지도』까지 총 9권 시집을 냈다. 김달진문학상, 소월시문학상, 대산문학상 등을 수상했다. 무가당 담배 클럽 동인, 인터내셔널 포에트리 급진 오랑캐 밴드 멤버로 활동 중이다.

없는 세계를 찾아가는 영원한 노마드
— 홍대 앞에서 박정대와 함께

*

　박정대 시는 시류(時流)를 떠난 자리에 있다. 여기서 시류란, 동시대 문학사를 설명하는 잣대에 따라 쉽게 분류되는 작품들이란 의미다. 그건 누군가에게 개척돼 펼쳐진 것이기도 하고 그 자장이 커지고 넓어져 그와 같은 유형으로 분류될 이들이 함께 주목받는 상황이 된 것이기도 하다. 그만큼 그 시기를 대표한다는 의미도 갖는다. 1990년 등단한 박정대는 시집 여덟 권을 내며 시단에서 한 이름 차지한 지금에 이르기까지 그렇게 분류되는 어떤 무리에 속한적이 없다. 좋아해서 평가하고 애독하는 사람은 많다 할 수 있지만, 근접한 자리에 있으면서 서로 교감하는 무리는 별로 눈에 띄지 않는다. 이런 현상은 모르긴 해도 앞으로도 계속 이어질 것만 같다.
　박정대 시가 고평되어 오면서도 동시대 다른 시세계와 크게 교류되거나 나아가 유파 형성이라는 단계로 나아가지 않은 이유를 설명하는 일은 그리 어렵지 않을 것 같다. 그것은 전적으로 그 시가 가지는 남다른 특징에 있다. 무엇보다 그 시는 지독해 보일 정도로 '낭만적'이다. 그냥 말해 박정대의 시는 '낭만의 세계'다. 먹고 일하고 잠자고 일어나는 일상의 모든 것들이 그 세계에서 현실적인 인식과 가치를 잃는다. "정선 파리 아스파한 그곳이 어디든/ 바람과 구름은 허공의 길을 가고 나는 나의 길을 간다"(「아, 박정대」)에서처럼 일상이 여행이고 길이 허공이고 자기(박정대) 길을 가다 말고 스스로에게 빠져 '아, 박정대' 하고 감동하는, 못 말리는 나르시시즘의 세계다.

다음, 지구 내의 실제 지역 공간을 배경으로 삼으면서 무량한 언어의 스펙트럼을 자랑하고 있다는 점도 박정대 시의 남다름이다. 모르긴 해도 박정대 시만큼 많은 여행지가 등장하는 예가 또 있을까 싶다. 그 영역은 대서양 연안의 리스본에서부터 극동의 블라디보스토크까지, 고향인 산골 정선에서 지구의 지붕 안나푸르나까지, 충청도 태안 앞바다의 격렬비열도에서부터 장대한 유라시아 대륙을 흐르는 아무르 강까지 넓게 걸쳐져 있다. 이 연장선에서 그러한 여행 공간을 오가며 만나고 즐긴 무수한 예술가들이 시의 영역에 가득 들어찬다는 특징도 드러난다. 가스통 바슐라르에서 시작해 프랑수와 트뤼포로 끝나는 「천사가 지나간다」는 28명의 예술가 이름만 나열한 시다. 「파르동, 파르동 박정대」

라는 시에는 280여 명의 예술가 이름이 등장한다.

박정대의 시는 자신이 좋아하는 영역을 끝없이 지향함으로써 낭만의 극을 보여준다. 눈치도 안 보고 타협도 없다. 누가 따라오건 말건 상관없다. 하긴 스스로를 '전생의 천사'라 명명하는 시인이니까. 자기 시집(『그녀에서 영원까지』)에 프랑스 시인 '장드파'가 파리 몽파르나스 묘지 근처 한 2층 카페에서 자신과 진행했다는 인터뷰(「파리에서의 박정대 낚시」)를 발문으로 하고 스스로가 쓴 해설(시를 나열한 듯한)을 이어 싣는다거나, 자연물들의 모양새를 그림으로 그려 조합한 것만으로 된 시(「딩뱃 고원」)나 그림만의 시에 각주가 몇 바닥 이어지는 시(「진부라는 곳」)를 예사롭게 수록한다든지, 출판사의 생리나 처지를 무시하고 한 편에 수십 면을 차지하는 시(「음악들」:25면, 「리스본 27 체 담배 사용법」:65면)를 포함해 상당수 장시를 그대로 수록해 시집 두께를 웬만한 소설집 분량으로 만든다든지 하는 외양의 일은 애교 섞인 고집이라 할 수 있다. 박정대의 시는 그 내면에서 시간의 경과나 공간의 한계가 무화되고, 생과 사, 보이는 세계와 보이지 않는 세계의 경계를 뛰어넘는 상상력을 펼쳐 보인다.

*

어떤 시인이건 어느 정도의 낭만성은 지니고 있기 마련이지만 대개 그것은 한국 시인 앞에 던져진 두 가지 주제 앞에 잠적하고 은둔해 있기 일쑤다. 그 한 가지 주제가 시의 원류인 서정성이고, 또 하나의 주제가 시인이 살고 있는 현실의 재현성이다. 이런 주제들은 대상이나 현실에 대한 자아의 내적 지향이 특별한 정서로 극대화되는 낭만성을 압도한다. 박정대 시는 그 반대다.

> 아름다운 기억들은 폐허의 노래 같다
> 오후 5시의 햇살은 잘 발효된 한 잔의 술
> 가로수의 잎들을 붉게 물들인다 자전거 바큇살 같은 11월
> 그녀는 술이 먹고 싶다고 노을이 지는 거리로 나를 몰고
> 나간다 내 가슴의 둔덕에서 염소떼들이 내려오고 있다.
> ─「혜화동, 검은 돛배」에서

11월 어느 오후 남자(나)와 여자는 혜화동 거리에서 만난다. 거리에는 악사들이 악기를 연주하고 있고 가로수 위로 햇살이 내리비친다. 그러자 어느새 '내 가슴의 둔덕에서 염소떼가 내려오고' '기억은 폐허의 노래'로 되살아난다. 나의 현실과 기억은 시공간의 경계를 가르는 짙은 감성에 둘러싸인다.

오랫동안 사용하던 체 게바라가 그려진 지포 라이터를 마르세유에 간다는 정이에게 주고 나니 텅 빈 주머니처럼 뭔가 허전하다

시인은 지구에서 어떻게 숨 쉬는가

체 게바라 만세

만세는 영원하라는 말인데 체는 39세에 볼리비아 산속에서 영원으
로 떠났다

누구나 언젠가는 이 지상에서 떠난다

떠난다는 것은 새로운 영역의 구름으로 확장된다는 것
　　　　　　—「체 게바라가 그려진 지포 라이터 관리술」에서

아르헨티나 출신으로 쿠바 혁명을 성공적으로 이끌고 나서 다
시 볼리비아로 떠났다 죽은 혁명가 체 게바라는 이 시에서 '39

세에 볼리비아 산속에서' 죽었다는 사실 외에는 특별한 현실적 무게로 자리하고 있지 않다. 그 죽음은 게다가 '새로운 영역의 구름으로 확장되는 것'으로 이미지화된다. 이런 의미의 이미지화는 결국 현실의 일에서 현실 아닌 세계로의 일탈을 대변한다. 박정대 시의 낭만성은 이러한 일탈 위에 있다.

— 1965년 강원도 정선에서 태어나 중학교 때까지 살았다. 산골 출신 시인이니까 서정이 중심에 놓일 것 같지 않지만 내 경우는 달랐다. 산으로 둘러싸인 곳에서 자라면서 산 너머 세계를 꿈꾸었다. 그곳으로 가고 싶었다. 그런 정서가 내 몸에 뱄다. 5남매 중 가운데였는데, 부친이 초등학교 2학년 때 돌아가셨고 어머니는 몸이 좋지 않았다. 외할머니가 행상을 하면서 우리를 키우셨다. 나는 미술반을 하면서 미대를 가려 했다. 갈 수 없는 세계를 그리며 자랐다. 그 시절부터 노마드 기질이 깊었다. 그 꿈을 이루기 위해 공부도 미루지 않았다. 춘천제일고(현 강원사대부고) 시절 최상위권이었다. 미대를 가려니 반대는 당연했다. 법대를 가라는 식구들과 절충한 것이 국문과였다.

— 국문과는 모두 시 쓰고 소설 쓰는 줄 알았는데 그게 아니었다. 문학회 들어가 시 쓰는 선배들(현 이희중, 강연호, 심재휘 시인)과 어울리면서 등단을 꿈꾸었다. 나중에 좋은 후배들(현 권혁웅, 이장

욱, 문태준 시인)도 들어왔다. 장학금을 못 받으면 대학에 못 다니니까 학업을 소홀히 한 적은 없었지만 주로 문학회에서 뒹굴었다. 군대 다녀와 새로 부임해 와 계신 최동호 교수께서 이끄는 문창반에서 습작했다. 매달 한 번씩 시인을 초청했는데 좋은 경험이 됐다. 당시 민중문학이 대세였지만 그런 게 싫었다. '시운동'은 참 멋있었다. 몇 분은 문창반 초청 때 오셔서 만날 수 있었다.

— 시대에 대한 반감이 있었다. 문학적 미학만 있으면 되지 이데올로기, 이런 게 필요한가, 라는 생각이 깊었다. 초기 시는 지금처럼 산문시가 아니었다. 등단작 「촛불의 미학」은 3행짜리다.

촛불을 켠다
바라본다
고요한 혁명을

　　　　　　　　　　　　　　　　　　—「촛불의 미학」 전문

— 등단 이후 3-4년 간 발표 기회가 없었다. 『현대시학』의 주간 정진규 시인께서 애정을 가지고 발표 지면을 주셨는데 그때부터 긴 시였다. 발표 기회가 적으니 뭔가 한꺼번에 보여줘야겠다는 생각이 든 것이다. 길지 않으면 말하고 싶은 게 다 드러나지 않은 듯싶었다. 나중에 이 때문에 시집 내는 과정이 남달랐다. 세

계사에서 첫 시집을 내주겠다고 해서 원고를 가져갔더니 너무 길다고 고쳐오라고 했다. 안 가져갔다. 한참 뒤 황현산 선생이 새 주간으로 오셔서 내 원고를 보시고 다시 날 찾았다. 역시 긴 시가 많다고 손을 보라 권하셨는데 내가 버텨서 결국 내 식대로 냈다. 200면이 넘는 시집(『단편들』, 1999), 당시로서는 매우 드문 두께였다. 2011년 『삶이라는 직업』을 낼 때는 「리스본 27 체 담배 사용법」을 빼면 안 되겠냐는 편집부 뜻이 있었지만 우겨서 결국 실었고 그 시집은 256면이나 된다. 한국 대표급 출판사라면 그 정도는 해줘야 한다고 생각한다.

*

  박정대 시의 낭만성을 입체적이고 경험적으로 구축해 주는 것이 여행 체험이다. 그것은 시인의 실제 체험이기도 하고 그것에 대한 상상과 갈망으로 빚어낸 체험이기도 하다. 또한 그 여행지도 처음에 1,2시집에서 국내의 산, 바다, 섬 정도이더니 어느새 지역이 넓어져 오대양 육대주로 뻗어나갔다. 그 과정에서 시인이 읽고 감상한 많은 예술 세계가 그 여행 체험 위로 채색되기도 한다. 특히 음악은 박정대 시에 다양한 감각적 이미지를 창출케 하고 내적 질서를 부여하게도 하는 한 요소가 된다.

시인은 지구에서 어떻게 숨 쉬는가

— 졸업하고 1년 뒤 취업했다. 시를 쓰기 위해서는 먹고 살 일이 필요했다. 먹고 살다보니 조금은 여유가 생겼다. 처음에는 국내를 좀 돌아다니다 대출을 받아 해외여행을 갔다. 상상해온 세계에 내가 가게 된 것이다. 떠나기 전부터 그곳에 대한 책을 사서 철저히 조사했다. 그러고 나서 가는 것이니까 그곳은 마치 내가 와 본 적이 있는 듯한 세계가 되어 날 기다리고 있었다. 그런 덕분에 여행에서 돌아오고 나면 여행지 얘기가 쉽게 풀려나왔다.

밤이 깊었다
대초원의 촛불인 모닥불이 켜졌다

몽골의 악사는 악기를 껴안고 말을 타듯 연주를 시작한다
장대한 기골의 악사가 연주하는 섬세한 음률, 장대함과 섬세함 사이에서 울려나오는 아름다운 음악소리, 모닥불 저 너머로 전생의 기억들이 바람처럼 달려가고, 연애는 말발굽처럼 아프게 온다

내 생의 첫 휴가를 나는 몽골로 왔다 폭죽처럼 화안하게 별빛을 매달고 있는 하늘
전생에서부터 나를 따라오던 시간이 지금 여기에 와서 멈추어 있다

풀잎의 바다 바람이 불 때마다 풀결이 인다 풀잎들의 숨결이 음악처럼 번진다

고요가 고요를 불러 또 다른 음악을 연주하는 이곳에서 나는 비로소 내 그토록 오래 꿈꾸었던 사랑에 복무할 수 있다

대청산 자락 너머 시라무런 초원에 밤이 찾아왔다, 한 무리의 隊商들처럼

어둠은 검푸른 초원의 말뚝 위에 고요의 별빛을 매어두고는 끝없이 이어지던 대낮의 백양나무 가로수와 구절초와 민들레의 시간을 밤의 마구간에 감춘다, 은밀히 감추어지는 생들

나도 한때는 무천을 꿈꾸지 않았던가 오랜 해방구인 우추안

고단한 꿈의 게릴라들을 이끌고 이 지상의 언덕을 넘어가서는 은밀히 쉬어가던 내 영혼의 비트 우추안

몽골 초원에 밤이 찾아와 내 걸어가는 길들이란 길들 모조리 몽골리안 루트가 되는 시간

꿈은 바람에 젖어 펄럭이고 펄럭이는 꿈의 갈피마다에 지상의 음유시인들은 그들의 고독한 노래를 악보로 적어 넣는다

밤이 깊었다

대초원의 촛불인 모닥불이 켜졌다

밤은 깊을 대로 깊어, 몽골의 밤하늘엔 별이 한없이 빛나는데 그리운 것들은 모두 어둠에 묻혀버렸는데 모닥불 너머 음악소리가 가져다주던 그 아득한 옛날

아, 그 아득한 옛날에도 난 누군가를 사랑했던 걸까 그 어떤 음악을 연주했던 걸까

그러나 지금은 두꺼운 밤의 가죽 부대에 흠집 같은 별들이 돋는 시간

지상의 서러운 풀밭 위를 오래도록 헤매던 상처들도 이제는 돌아와 눕는 밤

파오의 천창 너머론 맑고 푸른 밤이 시냇물처럼 흘러와 걸리는데 아 갈증처럼 여전히 멀리서 빛나는 사랑이여, 이곳에 와서도 너를 향해 목마른 내 숨결은 밤새 고요히 마두금을 켠다

몇 개의 전구 같은 추억을 별빛으로 밝혀놓고 홀로 마두금을 켜는 밤

밤새 내 마음이 말발굽처럼 달려가 아침이면 연애처럼 사라질 아
득한 몽골리안 루트

—「馬頭琴 켜는 밤」 전문

마두금은 현이 두 줄이고 끝이 말 머리 모양인 몽골의 전통 현
악기다. 박정대는 첫 해외 여행지 몽골에서 몽골 악사가 마두금
켜는 걸 보고 돌아와 이 시를 썼다. 이게 박정대의 시를 알리는
출세작이 된 게 아닌가 싶다. 이 시를 읽으면 실제 마두금 연주가
들리는 듯하다기보다 그 연주를 듣고 있는 한 시인의 표정이 먼
저 느껴진다. 그 얼굴에 마두금 연주 현장이 비쳐지면서 이어 서
서히 마두금 소리가 들리게 된다. 마두금 소리는 마두금을 연주
하는 소리이자 그것을 연주하면서 노래하는 악사 가수의 노랫소
리이기도 하다. 박정대는 특별한 정서적 취향을 극대화해서 독자
들을 그 취향에 빠지게 하는 로맨티스트가 아닐 수 없다.

— 몽골은 전생에 내가 살던 곳이란 생각이 들었고 그 기분이
오래 남았다. 그래서 시도 잘 풀렸다고 생각했다. 시를 쓰면서 마
치 악사가 마두금을 연주하는 기분으로 쓰고 소리 내어 읽고 또
읽어 리듬을 살렸다. 소리 내서 읽어서 리듬이 살아나지 않으면
시가 안 됐다. 리듬이 달라지면 다른 시가 돼 버린다. 리듬이 걸
리는 부분이 없게 열 번 스무 번 읽고 고친다. 내 시는 의미보다

2020년 9월 한국문학번역원이
주최한 '방구석영화제'의
'고려아리랑:천산의 디바를 보는 밤'
사회 겸 패널을 맡고

리듬이 더 중요하다. 주술적이라 해야 하나. 아무튼 이 시 이후 스스로 시 세계가 깊어졌다고 느낀다. 또한 나름대로 여행시 콘셉트를 지니게 된 것도 이때부터다. 마침 이 시가 김달진문학상 수상작이 되면서 더욱 힘이 됐고 식구들의 동의도 굳건해졌다.

― 몽골이 전생 같았다면, 그리스 아테네는 우리나라 1980년 대 같은 느낌, 프라하의 카프카가 살던 집 앞 도로의 포석 하나가 삐져나와 있었는데 그걸 가져왔다. 혼자서 술을 마시는 카프카를 느끼곤 한다. 부다페스트, 스톡홀름, 파리 등도 다녀왔다. 10년 정도 방학 때마다 혼자 한 달씩 다녀오곤 했다. 다녀오면 시가 됐

다. 최근에 다녀온 곳은 포르투갈인데 리스본, 포르투, 신트라, 로카곶 등지를 둘러봤다.

—280여 명의 예술가 이름이 등장하는 「파르동, 파르동 박정대」는 시로 쓴 시론 같은 거다. 내가 지향하는 시 얘기를 했다. 독자들에게 그 예술가들을 소개한다는 기분으로 썼다. 음악가, 미술가, 배우, 시인, 소설가 등등. 사람 이름만 써도 시가 된다는 것을 재확인하게 해 준 시다. 2016년 11월 일주일간 스톡홀름 세계 시축제에 초청돼 갔는데 스칼라극장에서 이 시를 낭송했다. 천 석 객석이 가득 차는 세계 3대 시축제라고 했다. 내 시 여러 편을 그 나라 성우가 읽고 퍼포먼스를 곁들이기도 했는데, 「파르동, 파르동 박정대」은 내가 직접 낭송했고 아무런 퍼포먼스도 보태지 않았다. 오로지 한국어였다. 그게 총 15분. 그런데 청중들의 호응이 대단했다. 사람 이름이 나오니까 재미를 느낀 모양이었다. 우레 같은 박수를 받았다.

— 5~6시 퇴근해서 저녁 먹고 10시에 잠들어 2~3시에 깨어나 글을 쓰는 생활이 이어졌다. 시집을 8권 내는 동안 상도 꽤 받았지만 지금도 일년 발표량이 많지 않다. 대신 혼자서 많이 써두었다가 시집을 낸다. 시집도 내가 내달라고 얘기하지 않고 출판사에서 원하면 그때 준다. 써둔 시를 시집 낼 때 정리하고 많은

시인은 지구에서 어떻게 숨 쉬는가

편수를 버리기도 한다.

— 교사 생활은 밥벌이로 시작한 건데 오래 하다 보니 나 나름으로 충직함도 생겨나 있다. 멘탈도 강해져 직장에서 하는 문학과 내가 하는 창작문학의 차이에 모순을 인식하지 않고 버텨낸다. 교사 생활은 앞으로 5년 정도 더 하게 될 듯하다.

— 여행, 독서, 영화관람, 축구, 술, 담배…… 이런 것들이 시를 쓰는 데 유용한 것들이다. 좋아하는 것 할 수 있으면 행복하다. 시인 축구단 '글발'에도 나간다. 원래 이 축구단 이름을 내가 제안한 '시발'이라 쓰려고 했지만 참았다. '시인의 발'이라는 뜻이지만 어감이 좀 그랬다. 영어 표기는 'Poet Ball'. 축구를 하고 술 마시며 떠드는 사이 합평이 이루어지는 그런 취미 생활이 나는 좋다. 정선초등학교에서 축구선수를 했는데 어머니 반대로 더 나가지 못했다. 내가 '글발'의 스트라이커였다. 한때 하프라인 근처에서 논스톱 슛을 성공시켰을 때의 쾌감은 지금도 잊지 못한다. 지금은 몸이 아파 그러지 못하지만 공을 찬다고 생각만 하면 몸에서 새로운 생명력이 돋고 그랬다. 며칠을 두고 몸을 만들곤 했다. 알베르 까뮈도 골 키퍼였고, 영화감독 에밀 쿠스트리차도 축구 선수. 짐 자무시도 역시 운동과 문학을 좋아한다고 들었다.

— 요즘 아프다. 당뇨에 통풍이다. 어깨 통증이 심해 물리치료를 받기 시작했다. 당뇨는 모친이 앓은 병이다. 처음에는 당 지수가 높아 어지러움을 겪었다. 요즘은 약을 먹고 식이요법도 한다. 쌀밥 안 먹고, 음료수 종류 일체 안 먹고. 술은 약한데 좋아해서 소주 맥주 다 마셨는데 맥주를 마시면 다음날 발바닥이 아파 독한 술을 조금 마시려 한다.

— 요즘 현대문학에서 시집 6권이 한 세트가 되는 핀 시리즈 시선을 시작했는데 내년에는 거기에 들어가게 돼 있다.

— 내가 체 게바라 만세를 말하는 것은 물론 혁명 때문이다. 혁명은 간단한 것이다. 내가 좋아하는 것을 할 수 있는 상황을 만드는 것이다. 체 게바라는 그런 것을 성공했고 다음 나라의 성공을 위해 갔다가 죽었다. 혁명은 가령 이런 것이다. 마음 놓고 담배를 피우는 세상을 만드는 것!

마음 놓고 담배를 피울 수 있는 세상은 이제 없다. 그래서 그런 세상을 찾아가는 거다. 그런 세상이 어디 있을까. 실은 찾아간 그 곳에 그것이 없더라도 가는 게 시인이다. 그래서 시인은 혁명가를 닮았다. 박정대는, 없는데도 꿈꾸는 그런 세계를 찾아가는 영원한 노마드다. 그 사이 잠깐 실체가 생기는데 그걸 붙잡아 시를

시인은 지구에서 어떻게 숨 쉬는가

만든다.

　모든 것은 실체가 없다

　사랑할 때만 실체가 돋아나는 종족이 있다. 그들이 속삭이는 언어
는 시에 가깝다.

—「시」에서

*

　2018년 봄, 홍대 입구의 한 카페에서 커피도 마시고 잘 알려
진 중저가 중국음식점에서 맥주 두어 잔을 곁들인 점심을 먹으면
서 인터뷰를 가졌다. 그해 『시인동네』 4월호에 실은 것을 몇 글
자 고쳤다. 이후 달라진 것은 별로 없단다. 몸이 좀 아팠고, 계획
된 '현대문학사' 시집 '핀 시리즈'로 시집 『불란서 고아의 지도』
가 2019년 9월 나왔다. 파리에 좀 오래 머무른 적이 있었는데,
여기서 '불란서 고아'란 시공간을 뛰어넘어 한 자리에서 만나는
예술 고아들 즉 '인터내셔널 포이트리 급진 오랑캐들'이라는 의
미란다.

　코로나19 이후 달라진 것이 없느냐는 질문에는 다른 사람들과
똑같이 느낀다는 대답. 그 끝에 최근의 느낌을 담아 발표한 근작

　　　　　　없는 세계를 찾아가는 영원한 노마드 — 홍대 앞에서 박정대와 함께

시들을 동봉해 왔다. 여전히 길고 여전히 낭만적인 시다. "나의 낭만은 그 어디에도 존재하지 않았소"(「시」, 『창비』 2020년 가을호)라는 반어로 "불란서 고아들이 자꾸만 폭풍우 치는 대관령 밤의 음악제로 몰려드는 이상한 밤"(「폭풍우 치는 대관령 밤의 음악제」)을 맘대로 거니는 노마드 세계!

　박정대는 여전히 "나는 나의 조국을 모른다 내게는 정계비 세운 영토란 것이 없다"고 말하는 무경계인, 탈경계인을 지향한다. 그러나 독자 중에는 그 무경계-탈경계를 따라가다 "고려아리랑: 천산의 디바를 보는 밤" "블라디보스토크에서 중앙아시아 여러 곳으로 강제이주 당한 고려인들"의 행적을 무심히 좇고 있는 박정대의 '본류 지향'을 읽어내기도 한다(『현대시』 2020년 6,7월호 발표한 작품 「시」). 코로나19 시대의 새로운 문화소통법을 찾고 있는 한국문학번역원에서 '방구석 영화제, 고려아리랑: 천산의 디바' (2020.9)의 사회자 겸 패널로 박정대를 부른 것도 이런 까닭이다.

내 눈과 마주치자
고개를 갸웃하는 새
— 복효근, 「새의 눈빛」에서

복효근 1962년 남원에서 태어나 고등학교와 대학교를 전주에서 다녔다. 1988년 교사 생활을 시작해 한때 인천에서 살기도 했으나 1992년 고향으로 가서 지금껏 남원에서 국어 교사로 생활하고 있다. 1991년『시와 시학』신인상으로 등단했고 1993년 첫 시집『당신이 슬플 때 나는 사랑한다』를 낸 이후 최근『허수아비는 허수아비다』까지 총 11권의 시집을 냈다. 편운문학상 신인상, 시와시학 젊은시인상, 신석정문학상 등을 수상했다.

21세기를 사는 자연살이의 서정세계
— 전주에서 만난 복효근

1. 지리산에 기대고 섬진강에 발 담그고

복효근은 전라북도 남원시에 살고 있는 시인이다. 남원이라면, 춘향이 이몽룡과 연애했다는 광한루가 있는 그 고장이다. 전북의 남동부, 전주에서 출발해 완주의 한 모퉁이를 지나고 임실을 지나 남쪽으로 전남 곡성, 동쪽으로 경남 함양 또는 하동 등으로 넘어가는 길목에 자리해 있다. 인구가 8만이 조금 넘어, 14개 시군의 전북에서 65만의 전주와 익산 · 군산 · 정읍 · 김제를 차례로 이어 여섯째이고, 면적은 752.23㎢로 진안에 이어 둘째다. 영토의 반 이상이 지리산을 정점에 두고 있는 소백산맥 지세의 임야 지역이고, 섬진강의 지류인 요천을 수원(水源)으로 둔 전답지역은 전체 면적의 20%에 이르지 않는다.

지리산과 섬진강을 배산임수로 삼고 있는 전라도 내륙의 일반적인 산촌 도시라 할까, 산지가 넓고 평야가 좁은 우리나라의 전형적인 농촌 도시라 할까, 전북에서 전남·경남 두 개도를 넘나드는 삼남의 특별한 교통 요충이라 할까, '춘향전'을 바탕으로 조성한 '광한루원'이나 '춘향테마파크' 또는 최명희 대하소설 『혼불』의 배경을 재현한 '혼불문학관' 등으로 인기를 끄는 '지역문화 스토리텔링의 현장'이라 할까……. 복효근은 이런 남원에서 나고 자랐고, 산과 강이 집과 직장을 에워싸고 있는 그런 곳에서 시를 쓰면서 10대 중반의 아이들을 가르치는 생활을 하며 산다. 고교와 대학을 전주에서 다니고 남원에서 교사로 1년 있다가 한 3년 인천으로 전근을 간 적도 있지만 그 뒤 1992년부터 다시 남원으로 옮겨 지금껏 교단에 서고 있는 거다. 현 거주지인 주천면 범실마을에 산 것만 14년째. 근무하는 지금의 중학교는 집에서 승용차로 30분 거리다. 섬진강변에 있다. 강이 띠를 이루고 흐른다 해서 대강중학교다. 범실마을 투표 인구수가 40명 안팎. 교사 아홉이 근무하는 중학교의 학생수는 전교생이 16명이다.

— 큰 도시에 살 생각이 없다. 다중 속에 부대끼는 게 싫다. 번거로움을 못 견뎌하는 성격이다. 갈등을 힘겨워한다. 도시에 살면서 밤늦게까지 먹고 마시며 모임을 가지고 하는 그런 생활은 못하겠더라. 나는 밤 열한 시면 자야 하고 아침 다섯 시 반에 일어나 처와 함께 108배를 하면서 일과를 시작한다. 원고를 쓰든

한 차례 봄꽃이 피었다 진 4월의 교정에서 한 컷!

지 특별한 일을 해야 할 때만 새벽 일찍 일어나서 한다. 술은 일
주일에 한두 번 정도 간단히 하고 있다. 올해 학교를 옮겨 내년까
지 근무하고, 명예퇴직도 생각하고 있지만 그렇게 되더라도 역시
남원을 벗어나지 않을 거다.

우리나라에 시인이 없는 고장이 어디 있으랴만, 인구가 급감하
고 있는 농촌에서 직장생활을 하면서 시인의 지위를 본업으로 지
키는 예가 거의 없다는 사실을 생각하면 복효근의 이런 처지는
특기할 만하다. 농촌 태생으로 도시에 살다가 고향을 그리워하며
'자연친화적 서정성'을 뽐내는 것이 20세기 한국 현대시의 한 특
징이었는데, 복효근은 그런 서정의 세계를 그냥 일상의 삶으로

21세기를 사는 자연살이의 서정세계 — 전주에서 만난 복효근

체화해 그걸 시로 뿜어내고 있는, 21세기에는 참으로 보기 드문 시인이라 할 수 있다.

2. 그림도 그리고 이야기도 하고

인간은 대상을 인식할 때 일반적으로 그 대상으로부터 일정한 거리를 유지하면서 그것을 객관적 실체로 수용한다. 이와는 달리 그 거리가 무화되고 자아와 대상이 분리되지 않은 채 그 둘이 서로 교감되고 혼융되면서도 인식적 가치가 찾아지는 상태가 있다. 이는 주로 자연의 현상에 대한 특별한 정서적 반응에서 확인된다. 이를 고상한 말로 '서정(抒情, lyricism)'이라 일컬어왔다. 나아가 그것이 언어를 매개로 감각적 표현으로 압축되면서 서정시(抒情詩, lyric)라는 특별한 형식이 되었다. 한국의 현대시는 대체로 이러한 서정시 양식을 기본 정황으로 전통을 이어왔다.

청동빛 저무는 강
돌을 던진다
들린다 강의 소리
어머니의 가슴에서 나는 소리가 그러했지
바위를 끌어안고

제 몸의 아픔만큼 깊어지는 강의 소리

　　　　　　　　　　　　　　　　　　—「새를 기다리며」에서

가만히 들여다보면
슬픔이 아닌 꽃은 없다

그러니
꽃이 아닌 슬픔은 없다

눈물 닦고 보라
꽃 아닌 것은 없다

　　　　　　　　　　　　　　　　　　—「꽃 아닌 것 없다」 전문

　복효근의 등단작 「새를 기다리며」에서 화자는 섬진강에서 흐르는 물소리가 '어머니의 가슴에 나는 소리'로 동일시되는 체험을 겪고 있다. 최근작이자 2017년 시집 『꽃 아닌 것 없다』의 표제작에서 슬픔이라는 인간의 감정이 꽃이라는 자연물로 치환되는가 하면 그 꽃이라는 자연이 다시 슬픔이라는 인간의 감정으로 치환되기도 한다. 자연의 것과 인간의 것, 또는 객체와 주관의 이러한 치환관계는 곧 서정시의 원류에서 흔히 볼 수 있는 미적 형식이었다. 복효근은 나고 자라고 중년을 지나는 지금까지 이런 서정의 세계 속에 그냥 살고 있어서 그런 감정의 표출도 그것의 압축된 표현도 아주 익숙한 시인이 되었다고 하겠다. 복효근의 시는 지리산과 섬진강이라는 공간적 배경과 그 속에서 서식하는 나무와 꽃과 풀 등의 소재, 그리고 그런 환경에서 영위되는 일상의 체험 내용을 압축한 언어세계를 구축한다. 그 세계는 한국 서정시의 원류에 깊이 가 닿는다.

주지하다시피, 한국 현대시가 서정시에 뿌리를 대고는 있지만 한편으로 그것이 자칫 잘못하면 문명화된 현실을 사는 독자의 정서를 환기하는 새로움을 보여주지 못하고 있다는 사실이 문제된 지 꽤 오래 되었다. '낯설게하기'라는 관점에서 보면 그 같은 '낯익은 서정'의 미적 효과는 미미한 것일 수밖에 없다. 실은 복효근의 시도 그럴 위험을 안고 있었다. 그 위험에 빠졌다면 복효근에게 21세기는 없었다. 복효근은 '전통서정의 아킬레스건'을 극복하는 데 성공한 시인 중 한 사람이다.

— 내가 태어났을 때 부친은 이미 50대, 모친은 40세였다. 맨 위로 둘을 잃고 6남매를 낳았는데 내가 막내였다. 부친이 이미 일을 하지 않을 때여서 찢어지게 가난했다. 스무 살 위 큰형이 그림을 잘 그려 화가가 되려 했다. 그 형은 나중에 몸이 아팠고 결혼에 실패하면서 삶이 망가졌지만 나는 형이 그림 그리는 모습을 보면서 화가를 꿈꾸었다. 전주 같은 큰 도시로 나가 그림을 그리

시인은 지구에서 어떻게 숨 쉬는가

고 싶었다. 그러나 물감 하나 살 돈이 없었다. 그나마 시를 읽었다. 백일장 나가 상도 좀 탔다. 선생님이 내 의사를 묻지도 않고 글을 응모하여 전국대회 상을 탄 적도 있다. 그림 대신 시가 내 재능이다,라는 생각이 들기도 했지만 그때까지는 문학을 하게 될 줄 몰랐다. 중학교 마치고 진학도 못 할 형편이었지만 혼자 전주로 나가 고교를 다녔다. 뒤를 뚜렷이 봐줄 사람도 없는 상황에서 독서실에서도 자고 친구집에서 얹혀살기도 하고 형 도움도 받고 하면서 3년 다녔다.

— 고2 중반부터 직업이 보장되는 학과를 정해 사범대를 택하게 됐다. 어머니가 품삯을 모아 힘들게 대학생활을 이어갔는데, 그림 미련을 못 버렸다. 이리저리 용돈을 모아 화실에 나갔다. 남들은 물감을 사서 썼지만 나는 돈 안 드는 목탄 같은 것으로 데생 연습을 했다. 군 입대 전까지 그랬다. 그러나 군 제대하고 나서 그림은 손을 놓아야 했다. 복학하기 열 달 전부터 우한용 교수께서 연구실에 있게 해주셨다. 우 교수는 내게 소설을 권유했다. 열심히 써 갔는데 결국 포기하시고 대신 시에 대한 재능을 인정해 주셨다. 그때부터 그림 대신 시가 내 중심을 잡아 주었다. 시도 쓰고 책도 읽으면서 어려운 시기를 버텼다.

— 그림을 못 그리게 됐지만 시로 그림을 그린다고 생각했다.

그림을 공부한 것이 나름대로 시의 구도를 잡는 데 도움을 주었다고 생각한다. 또한 소설을 써본 일도 그렇다. 시에 이야기가 도입되고 그 이야기로써 시를 읽게 만드는 힘이 생긴다고 생각한다. 그림으로 형상을 잡아주고 이야기로 서술의 흐름을 잡아준다. 그림도 되고 이야기도 되는 것, 그게 내 시에 있는 것 같다.

예술작품을 말할 때 우리는 흔히 '형상화(形象化)'라는 말을 쓴다. 형상화는 단순히 모양을 만든다는 차원에 머물지 않는 말이지만, 실은 모양을 만들어 보여주는 일이야말로 예술작품의 가장 기본적인 것이다. 문학에서도 이 형상화 문제는 주제를 가치 있게 환기하는 가장 근본적이고 포괄적인 표현 과정으로 이해된다. 가장 표면적으로는 하나의 작품에서 대상을 실감으로 다가오게 하는 어떤 모양을 만드는 것과 직결되기도 한다.

새벽비가 늙은 감나무 잎사귀 하나하나를

다 씻어놓으니

감나무는 잎사귀, 잎사귀 제 귀마다에

햇살에 말갛게 헹군 첫 꾀꼬리소리를

가득—

한가득 쟁여 넣는지

잎사귀 그 둥근 귓바퀴에

시인은 지구에서 어떻게 숨 쉬는가

무슨 보석 귀걸이인 듯 이슬방울이 찰랑찰랑하다

—「아침」에서

푸른 수액을 빨며 매미 울음 꽃 피우는 한낮이면

꿈에 젖은 듯 반쯤은 졸고 있는 느티나무

울퉁불퉁 뿌리 나무의 발등

혹은 발가락이 땅 위로 불거져 나왔다

군데군데 굳은살에 옹이가 박혔다

먼 길 걸어왔단 뜻이리라

화급히 바빠야 할 일은 없어서 나도

그 위에 앉아 신발을 벗는다.

—「느티나무로부터」에서

20세기 한국 서정시는 이들 자연을 드러내면서 막상 그 대상을 통해 얻을 수 있는 구체적 실감을 드러내는 것을 생략하고 그 대신 그것으로부터 얻어지는 추상적인 정서를 표출하는 데 치중해온 면이 있다. 그 때문에 그것들은 우리 정서에 어울리는 친숙한 자연의 세계를 드러내고 있지만 도리어 막연하고 모호한 감정을 방임하고 말았다. 서정은 '주정(主情)의 세계'이되 '주정'이 우러나는 과정에서 자연 대상을 인식하는 자아의 자리를 쉽게 포기하게 되면 그만큼 '서정'이 '실감'되는 길은 멀어진다.

21세기를 사는 자연살이의 서정세계 — 전주에서 만난 복효근

국제펜클럽 강의 차 방문한
미국의 버클리대학에서 한 컷!

　자연과 더불어 일상을 사는 복효근의 시는 이를 극복해 신선한 서정 세계를 구축해 보인다. 「아침」에서 ‘아침’이라는 자연은 ‘늙은 감나무 잎사귀에 내린 이슬방울’에서처럼 구체적으로 체감된 것이 되면서 실재하는 감각으로 살아나 있다. 그 형상화는 감나무 잎사귀에 어우러지는 공감각으로써 더욱 빛나게 됐다. 이로써 ‘시로 감각을 그려냈다고 할 만한 장면’이 선명해졌다. 복효근 시에 등장하는 무수한 나무와 꽃이 이렇듯 생생한 느낌으로 형상화의 밑그림부터 자리해 있다.

　「느티나무로부터」 또한 이런 ‘그림 형상화’가 잘 행해진 시이다. 오래 된 느티나무가 뿌리를 지상으로까지 다 드러낸 채로 서 있다. 그것은 마치 사람의 굵은 발가락이 불거져 나온 것 같다. 게다가 그 발에 굳은살이 있고 거기 티눈도 있는 것 같다. 이 시

시인은 지구에서 어떻게 숨 쉬는가

에는 이런 형상에 그것을 실제 보고 있는 화자의 일상 체험을 직접 개입시킨다. 이제 웬만큼 살아와서 사는 게 그리 급한 것도 없는 처지의 화자는 뿌리를 드러낸 느티나무처럼 신발을 벗어 발을 드러내 놓고 그곳에서 쉰다. 즉, 이 시에는 자연이라는 대상을 드러내는 데서 나아가 그것을 바라보는 자아를 함께 그 대상에 포함함으로써 '보여주는 이야기'의 효과를 낸 경우라 하겠다.

3. 잘 읽히고 재미있는 시를 위해

문학작품은 작가가 자기 마음의 뜻을 문자로 형상화한 것이고 이것은 당연히 독자라는 대상을 임의로 상정하면서 진행되는 것이다. 수용론의 관점에서만 보면 작품은 작가가 쓰는 거지만 독자가 읽음으로써 비로소 완성되는 것이라 할 수 있다. 당연히 독자가 많을수록 그 성취도도 높아지는 거라 할 수 있다. 그런데 시가 안 읽힌다고 야단들이다. 게다가 잘 읽히지도 않는데 그 시가 좋다고들 또한 야단들인 세대도 있는 모양이다. 이건 어찌된 일인가. 이 문제를 해결하려면 시간도 많이 걸리고 실제 해결도 잘 안 된다. 그냥 복효근의 경우만 생각하자. 복효근 시는 무엇보다 잘 읽힌다.

— 읽히지 않는 시가 무슨 의미일까? 가독성에 신경을 많이 쓰는 편이다. 요즘 시가 독자가 멀어진 것도 시인 잘못이 크다고 생각한다.

— 쉬우려면 이야기도 있어야 하고 재미도 있어야 한다. 내 시에 이야기가 많다. 가족이나 학생들 같은 일상의 사람들 얘기뿐 아니라 나무나 꽃에 관한 것도 이야기로 전할 수 있다. 그것도 기왕이면 재미있게 이야기를 전하면 좋다. 재미라는 면에서 이정록 시인하고 교감하면서 영감을 얻기도 했다. 쉽고 재미있으면서 곰곰 생각하게 하는 시가 필요하다.

이정록 시인은 시와 유머가, 나중에 생각나서 조금씩 웃게 된다는 점에서 닮았다. '쉽고 재미있는데 곰곰 생각하게 하는 시'라는 복효근의 말도 비슷하다. 더 인상적인 것은, 20세기 전통서정의 세계에서부터 출발한 복효근의 시는 '시에서의 재미'를 인식하고 이를 실천하면서 점점 여유로워졌다는 사실이다.

순창댁 엉덩이 하늘 쪽으로 내어 밀고
밭매는 체위가
하늘님 보시기엔 좀 거시기해 보일지는 몰라도

　　　　　　　　　　　　　— 「하늘님과 동기간」에서

　　　　　　　　　　시인은 지구에서 어떻게 숨 쉬는가

이런 유의 눙치기도 이제 복효근에게는 아주 익숙한 것이 됐다.

　내 눈과 마주치자
　고개를 갸웃하는 새

　중증임을 의심하는 의사 같다

　회동그란 눈
　은침 같은 눈빛에
　내가 먼저 시선을 피했다

　　　　　　　　　　　　　　　　　　—「새의 눈빛」 전문

이런 식으로 자신을 낮추면서 대상의 가치를 돋보이게 하는 과
정에도 과장이 개입되지 않는다.

　여든일곱 그러니까 작년에
　어머니가 삐져 말려주신 호박고지
　비닐봉지에 넣어 매달아놨더니
　벌레가 반 넘게 먹었다
　벌레 똥 수북하고
　나방이 벌써 분분하다

벌레가 남긴 그것을

물에 불려 조물조물 낱낱이 씻어

들깻물 받아 다진 마늘 넣고

짜글짜글 졸였다

꼬소름하고 들큰하고 보드라운 이것을

맛있게 먹고

어머니께도 갖다 드리자

그러면

벌레랑 나눠 먹은 것도 칭찬하시며

안 버리고 먹었다고 대견해하시며

내년에도 또 호박고지 만들어주시려

안 돌아가실지도 모른다

—「호박 오가리」 전문

이 시는 그냥 시인이 겪은 일을 별로 꾸미는 것도 없이 풀어놓으면서 시행을 편하게 구분해 놓은 것 같다. 노모가 아들 집에 철철이 보내주시는 고향 음식이 아들 집 식탁에서 소외되는 세태가 그대로 떠오른다. 노모의 그 정성도 충분히 감지된다. 그래도 아들은 어머니 정성 생각해서 그걸 찾아내 어떻게든 먹을 궁리를 해보는 거다. 며느리는? 손주들은? 그건 모르겠다. 어떻든 아들 마음은 그렇다. 자신을 위해 고향의 늙은 어머니가 손수 가꾸고

시인은 지구에서 어떻게 숨 쉬는가

조리해 주시는 그것을 거절할 수도 없거니와 버려지는 걸 어쩌지도 못하면서 그냥 엄마 생각으로 마음이 아파오는 것이다. 게다가 이제 돌아가실 날이 가까워졌다고 생각하면 마음이 더 그렇다. 모성과 효심이 오가는 익숙한 풍속이 담긴 이 시가 쉽고 재미있고 눈물겹다.

4. 틀을 깨고 나가는 다양한 방법

쉽고 재미있고 나아가 '눈물겨운 의미'까지 지닌 상태가 되자면 그건 결코 쉬운 일이 아닐 것이다. '그림으로 그린 이야기', 실감으로 느끼게 하는 체험의 감각화 등 몇 가지 시작법이 설명됐는데 그것들과 관련해 더 추가해 볼 수도 있다. 쉬운 시를 위해 누구나 이해되는 쉬운 언어만을 구사한다는 것, 화자의 처지를 드러내는 일상생활의 화법을 즐겨 다룬다는 것, 나아가 그 화자를 다양하게 변주함으로써 다양한 삶의 내용을 친근하게 담는다는 것 등, 은근해서 잘 드러나지 않지만 실은 꽤 다채로운 방법론이 발휘되고 있다. 가령, '빨랫줄에 널린 소녀의 브라자'와 '목련꽃'을 연계해 '선혜 앞가슴에 벙그는 목련송이'를 연상한 「목련꽃 브라자」의 독백체는 그러한 친근성이 특별히 잘 드러난 시라 하겠다.

이 연장선에서 복효근 시가 특별히 시험한 시 형식이 두 가지다. 하나는 자신의 삶의 현장에서 부딪쳐온 청소년들의 세계를 시화한 이른바 '청소년시'이고 또 하나는 '쉬운 시 운동'의 하나로 전개하는 '짧은 시'이다.

— 내가 전교조였는데 사실 남들만큼 치열하지 못했다. '운동으로서의 교육시' 같은 게 많이 쓰였는데 나는 그런 데서 왠지 모르게 그 흐름에 쉽게 편승할 수 없었다. 교단생활 30년 가까이 오니 이제는 쓸 수 있겠다 싶었다. 옛날 교육시와 다른 식. 실제로 아이들이 읽을 시를 쓰고 싶었다. 쉬워야 했고 아이들의 생활과 정서와 밀착되어야 했다. 2016년 여덟째로 낸 시집이 청소년 시집 『운동장 편지』였고 반응도 괜찮았다. 일부러 더 쓸 생각은 안하고 있지만 요구가 있다면 고려하려 한다. 덕분에 아이들 마음을 더 헤아리게 됐고, 아이들과 더 가까워진 느낌이다.

— 2000년대 들면서 우리 시가 산문화되어가고 느슨해지면서 또한 난해해지는 경향에 대해 더 깊이 생각하게 됐다. 이런 시류를 반성하는 기운이 있었는데 제주의 나기철, 서울의 윤효, 울산의 정일근 등이 뜻을 합했다. 이들과 모여 '채송화' 동인을 결성하고 2007년부터 매해 동인잡지를 내오고 있다. '작지만 단단한 구조 속에 그림이 있고 가락이 있으며 이야기가 있는 시를 써보

자'는 것이 창립취지다. 창립 때부터 함께 하면서 이 취지에 부합하는 시를 많이 썼다. 언어를 정제한다는 점에서 많은 도움도 받았다. 최근 아홉째 시집 『꽃 아닌 것 없다』가 이렇게 짧은 시들만이 한 권이 된 것이다.

복효근에게 청소년시는 대상을 제한한 경우이고 짧은 시는 양식을 제한한 경우라 할 수 있다. 하지만 이런 시들에도 21세기에도 전통서정이 자리잡을 수 있게 하는 다양한 방법이 내재돼 있

국제펜클럽 강의 차 방문한 미국의 버클리 대학에서 한 컷!

21세기를 사는 자연살이의 서정세계 ― 전주에서 만난 복효근

다. 그 또한 단순히 방법에 그칠 리가 없다. 자연 속에 살고 있지만 자연을 더 알고 더 깊이 자연으로 가기 위한 노력이 보통이 아니다.

— 내 시에 큰 부분이 자연이다. 지리산 아래 자랐고, 거기 살고 있다. 사람보다 자연을 더 많이 접하고 있다. 그런데 그치지 않고 자연을 더 알고 싶어 야생화를 찾아다니고 공부하기도 했다. 처음에는 동호인들과 야생화를 사진에 담는 식이었다. 야생화를 알고나니 꽃말도 새롭게 느껴지더라. 꽃말을 붙인 사람 생각도 절로 나더라. 자연을 통해 그렇게 넓어지고 깊어지는 것 아닌가 싶다. 결국 자연환경해설사 자격증도 땄다. 이제는 새를 공부 중이다. 틈나는 대로 탐조여행도 간다. 사람을 만나는 것보다 자연과 함께 있을 때 나를 돌아다보게 된다. 그로부터 나를 추스릴 수 있고 거기서 작은 깨달음을 얻게 된다.

— 내 시가 어떤 패턴 안에 있다는 느낌이 들 때도 많다. 도덕적인 것, 삶이 건강해야 한다는 생각에 내 스스로 갇혀 있지 않나 하는 반성도 한다. 내가 수용 못한 것들을 인정하고 받아들이고 싶다. 아직은 학교에 있으니 아이들이 바로 그런 대상이고, 그리고 여전히 자연이 바로 그런 세계다. 그것이 지금 이 상태에서 더욱 깊어지는 길이다.

시인은 지구에서 어떻게 숨 쉬는가

또한, 복효근 시에 불교의 내용이 지식과 체험 이상의 의미로 녹아 있다는 사실도 눈여겨봐야 할 대목이다. 한편으로 21세기 시인답게 여행도 자주 가서 낯선 풍물과 이방인으로서의 체험을 시의 자양으로 끌어오는 작업도 이어진다. 복효근을, 21세기에도 전통서정의 양식이 어떻게 현실성을 유지하며 존재할 수 있는지를 확인하게 해주는 시인이라 하지 않을 수 없다.

*

2018년 초여름, 남원의 복효근을 전주로 불러냈다. 같은해 『시인동네』 6월호에 실은 글을 오타 수정만 했다. 이후 복효근은 '디카시집' 『허수아비는 허수아비다』를 냈다. 이 시집은 현직 교사로서 코로나19라는 전대미문의 사태를 맞은 상황과 관련이 크다.

— 교육이라는 것이 신체적, 정신적 접촉을 통해 이루어지는 것이고 또 그래야만 지식만의 전달이 아닌 전인 교육이 이루어진다는 '고전적인 사고'가 코로나19로 일그러졌다. 학생이 없는 교육이라니! 준비할 틈 없이 맞은 상황이라 그런 거긴 하지만 온라인 수업은 여러모로 고문과 같았다.

— 아이들과 만나지 못하는 기간 동안 '디카시'라는 새로운 장르에 도전해 보았다. 시적 감흥과 시적 영감을 불러일으키는 장면을 사진으로 포착하고 그 소회를 짧은 언어로 표현하는 방식. SNS 시대의 새로운 장르라 할 수 있겠는데, 시는 언어예술이라는 고정관념에 고착된 시인들에게는 낯선 양식이 아닐까 싶다. 디카시는 문자언어로 표현되는 시의 어느 부분을 사진에게 맡겨 두고 언어와 영상언어(사진)와 화학적 반응으로 감정과 생각을 형상화한다. 누구나 가지고 있는 스마트 폰 카메라 기능과 연결하여 누구에게나 내재해 있는 창조욕구를 끌어내어 시적인 표현을 수행해 준다. 온라인 수업기간 동안 그 작업을 하면서 새로운 창작의 묘미에 심취해 그 결과물을 시집 『허수아비는 허수아비다』로 냈다.

— 디카시에 대해 인정하기 싫어하는 기성 시인들이 많다는 걸 알면서도 속행한 것은 내가 학교 현장에서 아이들과 함께 아이들의 창의력을 끌어내려는 노력에 종사하고 있다는 점이 큰 이유일 것이다. 시를 쓰면서 고통스럽고 때로 절망스러운 표현과정을 겪곤 하는데 이 작업을 하면서는 재미도 있었거니와 보고 읽는 이로 하여금 '나도 해볼 수 있겠다'는 자신감을 갖게 한 점도 보람이다.

오늘 밤
멀리서 달려온 별들
한가득 쏟아지겠다
— 곽효환, 「초원의 길」에서

곽효환 1967년 전주에서 태어나 1976년 서울로 이주했다. 건국대 국문과를 졸업한 뒤 연합통신(현 연합뉴스) 기자를 거쳐 1992년부터 대산문화재단에서 일하면서 한국문학의 정책 수립과 세계화에 힘쓰고 있다. 1996년『세계일보』신작지면, 2002년 계간『시평』을 통해 시를 발표해 등단했고 시집『인디오 여인』(2006),『지도에 없는 집』(2010),『슬픔의 뼈대』(2014),『너는』(2018)을 냈다. 고려대 국문과 박사를 마치면서『한국근대시의 북방의식』(2008) 등의 연구서를 내는 등 '북방문학 연구자'로도 활동하고 있다. 김달진문학상, 유심작품상, 편운문학상, 애지문학상, 고대신예작가상 등을 수상했다.

광화문의 시학
― 2018년 여름, 곽효환과 함께 서서

1. 광화문에 사는 시인으로

　광화문은 조선왕조의 본궁인 경복궁의 정문이다. 왕조는 단절되고 왕궁의 실제적 효용성이 상실된 것처럼 광화문도 '왕궁 문'으로서의 원래 기능은 이제 지니고 있지 않다. 이 문으로 경복궁을 드나드는 사람도 없고, 문루에 올라 궁전 안이나 도시 경관을 살펴보는 일도 할 수 없다. 그러나 모두 알고 있다시피 유적으로서의 광화문은 그러하지만 현실의 광화문은 그렇지 않다. 현실의 광화문은 역사와 사전에서의 광화문과는 달리 누구나 드나드는 공간으로 우리 곁에 '현생'해 있다. '조선'이나 '경복궁' 같은, 있어 온 역사나 남아 있는 유적을 가리키는 말들과는 매우 다른 차원으로 살아남아 있는 거다. 그것은 실제 경복궁의 정문인 광화문에서 현재 광화문 네거리(세종대로 사거리)에 이르는 그 길을 의

미하기도 하고. 그래서 그 거리 한가운데 이순신장군 동상과 세종대왕 동상을 중심으로 조성된 광화문광장을 뜻하기도 한다. 또는 거기로 통하는 수도권 전철 5호선 광화문역을 뜻하기도 한다. 고종 즉위 40주년 기념비, 세종문화회관, 교보문고, 광화문우체국, 조선일보 등이 있고 동아일보, 정부종합청사가 있었던 그런 거리를 뜻하는 말이 되기도 한다. 바로 그 광화문에서 시인 곽효환을 만난다. 왜? 곽효환이 바로 거기 사니까.

> 종로구청 앞 청진동은 재개발 중이야
> 그의 과거는 새벽녘까지 술꾼들의 발길이 끊이지 않던 해장국 골목
> 달랑 남은 청진옥과 청일옥이 사라지면
> 교보문고에서 시작된 좁은 피맛길을 따라
> 두 골목쯤 지나면 이곳이 한때는 유명한 해장국 골목이었다고
> 관광안내서에 기록될지도 몰라
> 과거의 영화는 아련한 기억으로 남기 마련이지
> —「카페 재클린」에서

> 그해에는 여름과 겨울만 있었다
> 초여름부터 광화문에서 시청 앞까지
> 거리를 가득 메웠던 붉은 물결의 사람들은

시인은 지구에서 어떻게 숨 쉬는가

종이컵으로 둘러싼 양초를 든 손으로 시린 겨울밤을 밝혔다.

　　　　　　　　　　　　―「슬픈 겨울 ―2002년 12월 광화문에서」에서

　재개발의 현장으로 역사가 지워져 가고 있는 곳, 이어지는 촛불 시위로 나날이 역사가 살아 움직이는 곳, 이런 곳에서 지워지고 움직이는 역사적 삶으로서가 아닌 실제 주민으로서 살고 있는 시인이 있다? 실은 시인 아니라 거기 사는 사람도 없다. 기관과 건물은 많아도 집은 없는 거리, 거기 집이 있을 턱이 없는데 곽효환이 거기에서 산다고 하는 까닭은?

　대학 졸업 후 1989년 곽효환은 이 거리에서 가까운 직장에 들어와 3년여를 지내다 1992년 종로 1번지 교보생명(교보문고 소재) 건물의 재단 회사(대산문화재단)로 이직해 30년이 눈앞에 와 있다. 말단 때부터 과장, 국장을 거쳐 지금 상무(경영임원)가 된 곽효환은 거기에서 소속 재단의 '한국문학의 세계화'라는 기치 아래 관련 업무를 기획하고 실행하는 중심에 있었으며 그 사이 등단을 하고 시집을 내고 문학상을 받는 시인이 되었다. 일하고 밥 먹고 만나고 헤어지는 곳이 광화문, 그곳이니까 거기 산다고 할 수밖에. 알만한 문학인들 사이에 곽효환 없는 광화문을 상상하기 어렵게 됐다.

　― 대학 다닐 때 신춘문예에 투고를 했다. 본심 명단에 든 적도

두어 번 있다. 그냥 스쳐가는 이름이었는데 이걸 나중에 기억한 선배가 있더라. 학교신문 문학상에 시를 투고했는데 그것도 낙방이었다. 4학년 때 투고한 평론이 당선되었는데 「김수영의 참여문학정신 연구」라는 글이었다. 시 낙방의 상처가 평론 당선으로 더 깊어지는 기분이었다. 문학평론가 조남현 교수의 심사평도 기억난다. '적은 응모작 사이에 겨우 보여서 그걸 뽑았다'는 거였다. 조 교수께서 내게 그랬다. "시 쓰지 말고 평론해 봐라." 시에 대한 열등감이 커졌고 주저하고 망설이는 마음이 없지는 않았지만 "죽었다 깨어나도 시는 써야겠다"는 다짐이 점점 뚜렷해졌다.

— 대학 졸업하고 연합통신 기자가 된 것이 1989년이니까 지금까지 광화문에서만 30년을 넘게 지내온 셈이다. 근무하는 곳도 그렇지만 나는 이 광화문을 산책하는 것을 즐긴다. 광화문은 첨예한 것들의 부딪침의 현장이다. 역사적으로 지배권력, 피지배계층이 만나고 대립하고 소통하는 공간이었다. 지금까지도 계속되고 있다. 시인이 되겠다고 제대로 생각한 것은 이곳 대산문화재단에 와서다. 1992년 9월 재단설립준비위원회 결성 때 유일한 사무국 직원이었고, 교보생명 경리부 직원 한 사람이 파견 나와 있었다. 12월에 재단이 정식 출범되었다. 책에서 보던 뛰어난 문학인들을 만나고 찾아다니며 문학이 다시 나에게로 왔다. 신춘문예 공고를 보면 가슴이 뛰었다. 시를 쓰고 투고하기 시작했다.

2019년 한중일 작가대회

몇 년 이러고 있던 나를 알아보고 『세계일보』에서 청탁을 해서 신작 코너에 시를 실은 것이 첫 발표가 됐다. *1996년 만 29세 때였다. 그러나 열망을 커졌지만 시를 발표할 수 있는 처지가 아니었다. 그걸 알고 『시평』에서 나를 불러줘 발표한 것이 2002년 1월이었다. 이때부터 본격적으로 시작의 길이 열렸다.*

  곽효환은 1980년대 중후반에 대학생활을 보냈다. '역사의 파동'이라는 점에서 보면 그 시기는 1980년의 주류적 흐름이 큰 전환을 맞는 때였다. 세련된 '문청'들은 낯선 미래를 찾아갔다. 1980년대적 관념의 그림자를 보거나 숨어 있던 내면을 꺼내들고 새 얼굴이 되어 갔다. 그런데 곽효환은 그 끝물의 느낌을 붙들고 있었다. 여전히 '김수영'이었다. 광화문에 와서 그게 시로 다시 살아났다. 과거와 현재의 공존, 서로 다른 계층 간의 갈등, 그런 체험이 현존하는 공간에서 점점 새로운 세계를 인식하게 되었다. 2000년대 들어 전에 없던 체험이 얹어지고 그것이 인식의 구체화를 불러 서서히 '곽효환다움'이 구축되어 갔다.

2. 넘치도록 많고 무거운 짐을 이고

시인으로서는 그냥 내려놓고 싶을지 모르지만 곽효환은 문학과 관련된 짐을 너무 많이 이고 사는 사람이다. 재단의 설립 취지를 이행하는 과정에서 실무책임자로서 25년을 넘겼으니 그럴 만도 했다. 재단 주최의 서울국제문학포럼에서부터 교보생명 사옥 벽에 내걸 '광화문 글판' 글귀 선정에 이르기까지, 정부의 문학진흥정책 수립에다 지자체의 문학관 건립 자문에 이르기까지 종횡무진이다. 실은 이 범위를 벗어나서도 하는 일이 많고 다양하다. 그러다보니 이와 관련해 이만한 전문가를 어디에서고 찾기 어려워졌다. 정부에서도 지역단체에서도 그 밖에 많은 유관기관에서도 찾아오고 추천하고 불러들인다. 그뿐 아니다. 그 사이 박사학위도 땄고, 대학 강의를 나가고 논문도 내고 연구서도 내고 심포지엄 발제자로도 자주 나간다. 시인이란, 정말 먹고사는 일을 빼면 시에만 몰두하려는 존재인데, 곽효환은 그러지 않고 그런 것들을 모두 함께 한다.

— 두 가지 측면이 있다. 하나는 집안 환경이 나를 현실에 옭아
매었다. 산업화시대에 변두리의 극단에 내몰린 집안의 장남이었
다. 아버지가 경제적 활동을 내던지고 결국 일찍 돌아가시기 이
전부터 어머니가 그 부채를 모두 떠안은 채 4남매를 키우셨다.
문학을 좋아했지만 낭만에 젖을 틈이 없었다. 아버지처럼 안 살
겠다는 게 내 인생의 모토가 됐다고 할 수 있다. 나는 주어진 현
실을 능동적으로 받아들여 그것에서 내 힘을 만들어내야 했다.
그런데 나는 시인이고 싶으니까 이 살아가는 일이 시를 다치게
해서는 안 되었다. 그런 때문에 나는 내 현실적 삶의 이론적 지향
과 시적 지향이 일치하는 그런 상태를 절로 찾아가게 됐다고 할
수 있다. 이것이 또 하나의 측면이다. 이때 모아진 대상의 하나가
소위 '북방'이다.

모든 시인, 아니 어쩌면 모든 인간이 다 그런지도 모르지만, 특
히 시인이 되는 데 두 가지 점에 부닥치게 돼 있다. 하나는 먹고
사는 문제, 하나는 먹고살면서 쓰는 문제. 성장환경은 무엇보다
표 나게 앞의 문제와 관련된다.

— 고향에서 모든 것을 실패하고 서울에 왔다. 아버지와 어머

니 그리고 4남매였는데 고단한 삶을 살았다. 봉천동, 사당동 이런 데 살면서 때로는 4남매가 두 패로 흩어져 살기도 했고, 나는 물지게도 졌고, 할머니가 오시면 책상에 누워 몸을 오그리고 잤고, 여름에 어른들은 문밖 땅바닥에서 잤고, 똥 퍼내고 낼 돈을 두고 셋집 사는 사람들끼리 다투는 것도 보고…… 대부분의 아이들이 학교도 안 가는 그런 달동네에서 6개월 살았다. 어머니가 낮에 건강식품 외판을 하고 밤에 봉제공장에서 미싱질을 해서 돈을 모아 사당동에 방 두 칸 집으로 옮겼다. 그런데 아버지는……

아버지 얘기를 더 길게 하기는 어렵다. 못해서가 아니라 길어져서다. 아버지 얘기를 하게 되면 또 어머니 얘기를 하지 않을 수 없다. 언젠가 어느 지면에 어머니 얘기를 이렇게 썼다.

나는 야간열차를 타면 눈물이 난다. 아버지가 일찍 돌아가신 후 가계를 홀로 떠맡은 어머니는 오랫동안 서울과 여수를 오가는 전라선 밤기차에 오르시곤 했다. 덜렁 남은 집 한 채―그나마도 아버지의 세 번째 사업실패 후 전적으로 혼자 동분서주하며 모은 약간의 종자돈에 은행융자와 사채 등을 끌어 마련한―와 무쇠도 씹어 삼킬 듯한 왕성한 식욕과 세상의 모든 것을 갖고 싶어 하는 호기심 많은 고등학교 3학년부터 초등학생에 이르는 사남매를 자산이자 부채로 떠안은 어머니. 어느 날부턴가 어머니는 여수를 비롯한 남도의 도시에서 주택

시인은 지구에서 어떻게 숨 쉬는가

을 짓는 일에서부터 시작하여 아파트 건축에까지 뛰어들었다. 여성에게는 도저히 어울릴 것 같지 않은 억센 사내들의 거친 삶이 부유하는 금녀의 현장에 뛰어든 어머니의 삶은 내겐 불가해한 것이고 불만의 대상이었다. 물론 고등학생이나 되었으면서도 게으르고 세상일에 도무지 관심을 갖지도 갖고 싶지도 않았던 나 자신에서 기인하는 문제이긴 했지만.

어머니는 일주일에 몇 차례씩 늦은 밤에 집을 나서 여수행 마지막 밤기차에 올랐다가 다음날 여수발 밤기차에 몸을 싣고 새벽에 집에 들어오셨다. 그리고 돌아온 그날 밤에 다시 밤기차를 타러 가는 일을 반복했다. 저녁상을 물리면 다시 밥을 짓고 사남매를 불러 다음날 도시락과 준비물과 용돈을 나누어 주시고 누이와 내겐 따로 집안 단속을 비롯한 여러 가지 일들을 일일이 당부하셨다. 이튿날 아침, 어머니의 명에 따른 누이의 지휘를 따라 학교에 다녀오고 사남매는 소란스럽고 부산한 밤을 보내며 잠자리에 들곤 했다. 그리고 새벽 서늘한 찬바람 기운에 눈을 뜨면 신기하게도 어머니는 부엌에서 분주하게 아침을 짓고 계셨다.

— 산문 「야간열차에서 만난 사람」에서

어머니 얘기는 아버지 얘기이기도 하고 결국 곽효환 자신 얘기이기도 하다. 예외도 여유도 없었다. 살아내야 한다는 것을 인생 목표로 삼지 않을 수 없었다. 곽효환의 시에는 상대적으로 가려져 있지만 이런 성장사를 배경으로 한 자기 다짐이 적지 않다.

　　나는 아버지처럼

　　쉽게 흔들리지도 그렇게

　　일찍 지지도 그렇게

　　흘러가지도 않을 것이다

　　　　　　　　　　　　　　　　—「늙은 느티나무에 들다」에서

　　그날, 텔레비전 앞에서 늦은 저녁을 먹다가

　　울컥 울음이 터졌다

　　멈출 수 없어 그냥 두었다

　　오랫동안 오늘 이전과 이후만 있을 것 같아

　　밤새 잠을 이루지 못했다

　　그 밤, 다시 견디는 힘을 배우기로 했다.

　　　　　　　　　　　　　　　　　　—「그날」 전문

　　지도에 없는 길 하나를 만났다

　　엉엉 울며 혹은 치미는 눈물을 삼키고 도시로 떠난

　　지나간 사람들의 그림자 가득해

이제는 하루 종일 오는 이도 가는 이도 드문

한때는 차부였을지도 모를 빈 버스 정류소

—「지도에 없는 집」에서

현실을 견디지 않으면 안 되는 삶. 이는 보통 시인이 원하는 삶이 아닐 것이다. 감정을 절제하고 한 발짝 물러서서 대상을 바라보는 태도도 실은 시인다운 것이라 하기 어렵다. 곽효환은 그러나 어쩔 수 없었다. '치미는 눈물'은 과거에 묻어 두어야 했다. 감정의 소모를 극소화하면서 조금씩 내면을 드러내는 태도가 삶과 시를 지배하게 되어도 할 수 없었다. 이론적 지향과 시적 지향이 한 곳으로 모이게 된 것도 그런 까닭이다. 북방은 그 한 접합점이 됐다.

3. 서사와 함께 하는 서정의 세계

곽효환은 2000년대 들어 한국문학사에서 '북방문학론'을 펼치고 있는 문학이론가 중 하나다. 우리 문학에서 북방이라는 말은 백석의 「북방에서」, 오장환의 「북방의 길」, 이용악의 「전라도 가시내」 같은 시편의 관련 시구에서 연유된 것이다. 1930년대 만주 땅에서 시를 발표한 다수 작가가 그 주인공들이다.

제30회 김달진문학상을 수상하고 : 2019년 가을, 창원 김달진문학제에서

먼 바닷가에선 눈발이 날리는 새벽 두 시 이십구 분,

성에 가득한 창가를 서성이는 불면의 밤

백석과 용악을 읽는다

—「백석과 용악을 읽는 시간」에서

내 아버지의 아버지,

연해주에 처음 온 아버지는

가난과 굶주림을 피해 두만강을 건넜다

그는 얼어붙은 잠든 땅 연해주에 농지를 개간하고

시인은 지구에서 어떻게 숨 쉬는가

가난해도 굶지 않는 조선인마을을 세웠다

— 「나는 고려 사람이다」에서

백석과 이용악은 자기 식으로 북방의 세계를 구체적인 풍경으로 펼치면서 자기만의 감정을 담았다. 그것은 시적 세계이고 더구나 옛 시절의 것이니까 독자로서는 그걸 보고 그 정서를 흠뻑 느끼면 된다. 그런데 곽효환은 이 문학작품으로 얻어지는 그것을 충실한 독자로서 수용하는 데 그치지 않고 그걸 자신의 연구 분야로 삼고 나아가 시의 소재나 관점으로 발전시켰다.

— 첫 시집 『인디오 여인』(2006)을 내고 난 뒤 공허한 느낌이었다. 무엇을 쓸 것인가 새삼 아주 고민이 됐다. 나다움, 나다운 것 이런 것들을 생각하게 됐다. 북방은 그때 발견됐다. 북방은 지리적인 의미가 있는 것이지만 그저 지리적인 것만이 아니다. 실제 만주지방이 우리에게 오래도록 지리적으로는 그려졌지만 가보지 못하는 곳이었듯이 그곳은 우리에게 그냥 지리적이자 역사적인 공간에 그치지 않고 나아가 궁극의 공간, 시원의 공간일 수 있다는 생각이었다.

— 이용악도 그 과정에서 발견되었다. 백석과는 또 달랐다. 백석이 아주 정치한 시인이라면 이용악은 문학청년 같은 순정을 그

대로 가지고 있었다. 뜨거운 가슴을 그대로 드러낸 시인이었다. 시인이라면 원래 이래야 하지 않나 싶었다. 그것이 확장돼 북방이라는 공간으로 이어졌다. 북방은 이용악이 가진 것처럼 우리에게는 가보지 못한 순정의 세계였다. 이런 관심이 연구 대상이 되어 백석, 김동환, 이찬 등까지 나아가게 되었고, 박사논문도 「한국 근대시의 북방의식」이 됐다. 이게 다시 내 시를 끝없이 움직였다.

— 그 시기 만주에 다녀오게 되었다. 재단에서 매년 여름 기획해서 진행한 '대학생 동북아대장정'이 좋은 기회를 만들어 주었다. 『열하일기』 행적을 따라 두 차례(보름 1회, 10일 1회)나 다녀왔다. 그것이 시작이었다. 점차 공간적으로 넓어지면서 몽골, 바이칼, 티베트 등으로 넓어져 갔다. 이를 준비하자면 서너 달 이상 사전 공부를 하게 된다. 그러고 나서 그곳을 다녀오는 거니까 그냥 여행하고는 아주 달랐다. 관념과 상상으로서의 세계가 실제적이자 구체적인 공간이 되어 내 시에 들어왔다.

— 사실 시인으로서 늦깎이라는 데 대해 자의식이 있었다. 시어를 정교하게 다듬는 과정이 내게는 없었던 편이었다. 이런 데 대한 콤플렉스 같은 게 있었는데 북방으로써 내 의식과 구체성이 생겨나면서 그게 치유되고 극복되었다는 생각이 든다. 한편으로

2018년 여름, 광화문의 새로운 상징이 된 '광화문 글판' 앞에서 한 컷!

는 일반적인 문학청년들이 관습적으로 겪는 문예학습이 덜했던 것이 도리어 나다움을 생기게 하는 데 유리하게 작용하지 않았나 싶기도 하다.

　곽효환의 시에는 북방 외에도 무수한 지명이 자리한다. 시베리아, 바이칼, 차마고도, 상트페테르부르크, 테오티우아칸…… 이런 곳들은 대개 실제 방문한 장소이다. 낯선 방문지에 대한 시편은 흔히 그곳에 가서 살면서 쓴 것이 아니라면 대개 '인상기'에 그친다. 소위 '기행시' 또는 '기행문학'의 수준이 그리 높을 수 없는 것이 이런 데서 연유한다. 그곳에 가기 전에 이미 그곳을 여러 달 학습한 곽효환이다. 그 점을 특별히 의식하고 시를 쓴다.

─ 지나간 과거는 아름답다, 그 시절이 그립다 이런 식으로는 대상을 제대로 얻을 수 없다고 생각한다. 과거라는 시간을 나는 현재라는 인식 위에서 파악해야 한다고 생각한다. 과거와 현재가 서로 순환한다는 생각도 한다. 나는 그 시절에 대한 서사를 가져와 내 시를 새롭게 구축하려 했다. 이런 점에서도 기존의 서정적인 어투는 내 시하고 안 맞는다고 생각했다. 잘 다듬고 꾸민 것이 아니라 투박한 그대로 실감나게 그려지는 세계. 내가 백석이 아니고 이용악을 더 좋아하는 것도 이런 이유이고, 여태 김수영을 품고 있는 것도 이런 이유에서라고 할 수 있다.

─ 나는 우리 시가 서사성을 잃어버려서 어려워졌다고 생각한다. 이때의 서사성은 단순히 '이야기'만을 의미하지는 않는다. 그것은 역사적 의미와 관련이 깊다. 좋은 시는 서정과 역사적 의미의 서사가 잘 만날 때 얻어진다고 생각한다. 이점에서는 나도 좀 특별히 생각하는 바 있는데 연시풍으로 서사를 담아내는 것이 바로 그것이다.

곽효환의 시는 단출하지 않다. 이는 서정만을 염두에 둔 시가 아니라는 뜻이기도 하다. 서사 그것도 역사로서의 서사를 가능한 대로 서정의 세계 안으로 끌어오려는 한 결과다. 실제 소재와 배경 면에서 역사가 현실로 살아있는 구체적인 공간에 가서 느끼고 생각한 바를 표현하기 때문에도 그렇다. 이 때문에 이용악이 그러하듯 꾸미지 않은 듯한 순정적인 열정이 그대로 전해져 온다는 장점도 생겨나지만 한편으로는 단아하고 감칠 맛 나는 서정시의 언어적 묘미를 맛보게 하지는 못한다. 이것이 곽효환의 자리이자 다른 시인이 가지 않은 길을 가는 시인의 한 자리다.

오늘 밤
멀리서 달려온 별들
한가득 쏟아지겠다
한바탕 뇌우가 지난 후
적막하던 벌판
빛으로 사람으로 이야기로
가득해 부산하겠다
먼 곳으로부터 발원하여
굽이굽이 흐르는 사행천
풀과 대지와 사람을 적시고
천천히 천천히
더 먼 곳으로 흘러간다
아득히 흘러 길이 된다

— 「초원의 길」에서

이 길의 역사는 사람이다

산이고 강이고 협곡이고 고원이다

서로 경계를 지으며 고원과 대륙이 만나는

첩첩이 그리고 아득히 가파른 산맥으로 흐르는

히말라야산맥 줄기 여기저기 경이로운 삶이 있다

— 「하늘길의 사람들 – 차마고도 1」에서

　곽효환의 시는 유장하고 은근하다. 그건 한참을 달려야만 비로소 빛을 뿜어낼 수 있는 별들의 움직임 같다. 사람이 산이 되고 강이 되고 협곡이 되고 고원이 되어 봐야 그 '경이로움'을 깨닫게 되는 그런 세계다. 그래서 아직은 그 움직임 자체가 별빛이 되는 세계다. 감정을 누르되 이성은 감추어야 가치가 있는 세계다. 이건 광화문을 닮았다. 논리와 실제 어느 한쪽이 앞설 수 없고, 역사와 현실 어느 한쪽에 치우쳐 생각하기 어렵다. 광화문은 지나간 과거이자 살아가는 현실이며, 아직도 살아가야 하는 알 수 없는 미지이자 많은 세월을 흘러 보낸 심연이다. 곽효환은 이런 광화문에서 그런 의미로 시를 쓴다.

*

　2018년 여름 광화문에서 만나 나눈 얘기를 담아 그해 『시인동네』8월호에 실었다. 곽효환은 그 뒤로 네 번째 시집을 냈고 문학상도 몇 더 받았다. 여전히 광화문에서 같은 직장, 같은 직책을 맡아 일하면서 국내외 행사를 지휘하고 강의에 집필에 창작에 바쁜 나날을 보내왔다. 코로나19로 이 많은 일이 중단되고 연기되거나 변경할 상황에 처했다. 이에 대한 소회를 전해왔다.

— 근대 이후 20세기까지 상존해 있던 '경계'라는 완고한 장벽이 세계화의 흐름 속에 해체되고 극복되는 시점에서 코로나19로 한국뿐 아니라 지구촌 전체의 삶이 다시 이전의 '경계 속의 삶'으로 돌아가게 되지 않을까 우려된다. 자국 중심, 자국 우선의 가치가 다시 횡행하게 되면 우리 삶은 얼마나 더 힘겨워질까, 그때 문학은 또 어떤 역할을 해야 할까 걱정해 보고 있다.

누가 나인가

너 자신에게 물어보렴

— 고현혜, 「허난설헌」에서

고현혜(Tanya Ko Hong) 1964년 안양에서 태어나 여고를 다니다 1982년 도미해 LA 근교인 밸리에서 살았고 결혼한 뒤부터는 팔라스버디스로 이주해 태평양이 내려다보이는 집에서 지금까지 살고 있다. 1987년 미국에서 '울림' 공모전과 『크리스찬 문예』 신인상, 1991년 한국문단의 『한국시』 신인상 등에 당선해 시단에 나온 이후 영어와 한국어로 시를 발표하고 있다. 바이올라 대학교 사회학과(1992), 안티오크 대학교 대학원 문예창작과(2013), 안티오크 대학교 강의교수법 과정(2016) 등을 마쳤고, 캘리포니아 'Pacifica Graduate Institute'에서 신화학(Mythology) 박사과정을 밟고 있다. 영한시집 『One Point Five 일점오세』(1993), 한국어 산문집 『1.5세 엄마의 일기장』(2002), 영어시집 『Yellow Flowers on Rainy Day』(2007), 한국어 시집 『나는 나의 어머니가 되어』(2015), 작은 전자시집 『유월의 눈』(2019), 영어시집 『The War Still Within』 등을 냈다. 제1회 윤동주 미주문학상 우수상(2018), 고원문학상(2020) 등을 수상했다.

나와 또 다른 나 사이
— 1.5세 시인 고현혜 또는 Tanya Ko Hong을 만나며

1. 이름은 흐른다

　미국으로 이민 간 사람은 누구나 겪는 일이지만 그녀 또한 그
랬다. 그녀가 도미한 것은 1982년. 1964년 경기도 안양에서 태
어나 수원여고에 입학해 유신 말기 여러 가지 일로 고통을 겪던
아버지의 결단으로 이민 수속을 밟을 때 'Hyonhye Ko'로 이름
을 등록했다. 그때만 해도 설마 이름 때문에 뭐 그리 대단한 일이
있으랴 싶었다. 더구나 현혜(賢惠), 그 이름은 아버지가 작명소에
가서 지어온 두 개 중 하나로 자라면서 늘 자존감을 높여 주었으
니까. 그러나 'Hyonhye Ko'는 이민 초기부터 기대와는 다른 반
응과 부딪쳤다. 무엇보다 'Hyonhye'를 발음하는 일이 영어권
사람들에게는 여간 어려운 일이 아니었다. "현회!", "혀어언……
에!", "형혜!"까지는 봐줄 만했는데 어떤 미국 친구가 집으로 전

화를 걸어 "천……"이라며 그녀를 찾는 바람에 식구들조차 '현혜'는 그냥 둬버리고 아예 '천'이라 부르는 상황에 이르렀다. 이름에 H가 있으니 'Helen Ko'가 좋겠다는 한 지인의 말을 듣고 몇 년간 그렇게 써보기도 했으나 마음 한구석은 늘 찜찜했다. 그러다 우연히 'Tanya'라는 소리를 듣고 그냥 쿨하게 'Tanya Hyonhye Ko'라 이름을 바꾸어 버렸다. 한참 그렇게 썼는데 어느날부터 저절로 'Hyonhye'가 빠지고 그냥 'Tanya Ko'가 됐다. 한국어 시인 고현혜는 이렇게 'Tanya Ko'가 되어 영어권에 처음 들어설 때도 이 이름을 썼다. 그렇게 정착되나 했더니

1994년 홍 씨 성을 가진 남편을 만나 또 변화가 생겼다. 미국 호적법에 부응해 결혼증명서에 이름을 'Tanya Hyonhye Ko Hong'으로 이름을 올리면서 시인으로서의 이름도 그렇게 됐다.

그녀, 고현혜 또는 'Tanya Ko Hong'의 이름 유전(流傳)이 이러했다. 그녀만 겪은 일이라 볼 수 없다. 한국에서 서양으로 이민 간 모든 여성의 이름 스토리가 이 못지않을 것이다. 그럼에도 이 지면의 첫머리에 이런 얘기를 채우는 까닭은 명료하다. 바로 이 스토리가 그녀의 정체성을 아주 잘 대변해 주기 때문이다.

현혜와 타냐

그 사이의

갭

서울과 로스앤젤리스

그 사이의

갭

밥과 빵

그 사이의

갭

김치와 샐러드

그 사이의

갭

내 살과 덧붙인 겉살

그 사이의

갭

모국어와 제이의 국어

그 사이의

갭

타고난 피와 수혈된 피

그 사이의

갭

나와 또 다른 하나의 나

그 사이의 갭,

갭

——「갭(The gap)」 전문

gap

between

Hyonhye & Tanya

gap

between

Seoul & Los Angeles

gap

between

rice & bread

gap

between

kimchi & salad

gap

between

kimchi & salad

gap

between

my natural skin & my cover skin

gap

between

my mother tongue & my second language

gap

between

my inherited blood & my transfused blood

gap

the gap

between

me & my other self

　　　　　　　　　　　　　　　　—「The gap」 전문

　그녀의 시는 그러니까 고현혜와 'Tanya Ko Hong' 사이의 갭 (gap)을 보여주는 시다. 그것은 지금의 로스앤젤리스와 살아온 서울의 차이, 일상의 음식이 된 빵과 이전의 주식이던 밥 의 차이 등으로 구체화되었다가 다시 지금의 시간 속에 젖어든 '나'와 지나온 과거이되 여전히 내면에 살아 있는 '또 다른 하나의 나' 사이의 갭으로 종합된다. (각 연이 한국어 시 형식으로 보면 역삼각형 구도인 것이 영어로 보면 삼각형 구도가 되는 시적 외형의 갭을 보여준 것도 매우 흥미로운 시도!) 그 갭은 지금의 '나'에서 '지나온 나'를 반추할 때는 물론이고, 지금의 '나'에서 이전에 경험하지 못한 세계로 나아갈 때조차 마치 어릴 때 깊이 각인되어 좀처럼 원형 그대로 남아 있는 원체험(原體驗)으로 인식에 개입한다. 나아가 날이 갈수록 희미해지기는커녕 더욱 선명하고 돌올하게 그녀에게 영향을 미치는 중이다.

그 갭은 고현혜를 고현혜로 두지 않고 Tanya Ko Hong을 Tanya Ko Hong으로 두지 않는다. 그 둘은 하나이자 둘, '나'이자 '또 다른 나'이다. '나'와 '또 다른 나'로 가득 차 있는 시. 그것이 그녀의 시다.

2. 1.5세로 살아가기

고현혜는 고국 문단에 크게 알려진 시인이 아니다. 이민 작가로서 고국 문단이 잘 알 만한 문인이 되는 예는 두 가지. 첫째, **그 나라 언어를 능숙하게 구사해 그 언어권에서 인정받아 한국에 수입되는 것**(1). 가령, 1960년대 『순교자』의 김은국

(Richard Kim, 1931~2009), 2000년대 『네이티브 스피커』의 이창래(Chang-Rae Lee, 1965~)가 좋은 사례가 되는 재미 한인 작가다. 또는 호주의 돈오 김(Don'o Kim, 1936~2013), 일본의 유미리(ゆうみり, 1968~) 등도 인상적이다. 둘째, **한국에서 이미 문학 활동을 한 경력을 살려 여전히 모국문단을 발표 지면으로 삼는 것**(2). 이 중에서 이민 가서도 **현지에서보다 모국문단 활동에 치중하는 경우**(2-1)가 있는가 하면, 현지에서 **이민문학가들이 조성한 집단에 가입해 활동하면서 모국문단과의 끈을 놓치지 않는 경우**(2-2)도 있다. 그런데 셋째, (2-2)의 확대로 형성된 **이민문단에서 성장해 새로이 모국문단에 진출한 경우**(3)도 없지 않다. 고현혜는 바로 (3)의 유형으로 국내에 알려지고 있는 시인이라 할 수 있겠다.

남다른 것은 그녀가 한국문학의 고현혜이자 한편으로 미국 시단의 Tanya Ko Hong으로 활동하고 있다는 사실. 한국에서 살다 성장과정에서 미국으로 건너가 양국 언어를 모두 구사하게 된 그녀는 1.5세대로서의 시적 충동을 결코 누그러뜨리지 않고 1980년대 후반 모국어로 시를 발표하기 시작한 지 몇 년 되지 않아 영어와 한국어를 나란히 배치한 영한시집 『One Point Five 일점오세』(1993)부터 냈다. 실은 이 단계로는 한국에서도 미국 영어권에서도 주목을 받기는 어려웠다. 그럼에도 불구하고 그녀는 한국어 산문집 『1.5세 엄마의 일기장』(2002), 영어시집

『Yellow Flowers on Rainy Day』(2007)를 이어 내며 한편으로는 모국문단을 향하고 한편으로는 영어권을 향했다.

그녀는 "확실한 신원도/ 정확한 국적도/ 편한 언어도" 없이 "언제나 한 몸에 두 사람이 사는 같은 불편"(「1.5세」)을 양국 언어로 드러냈고, 모국어로 영어로, 한국으로 미국으로 활동 영역을 넓혀갔다. 그녀의 시에는 힘든 나라를 떠나 새로운 나라인 미국에 가서 정착하는 동안의 애환이 담겨 있다. 그 애환은 짙은 향수, 낯선 문화가 주는 충격, 선진적인 시스템이나 개인성을 배려하는 관습이 주는 경이, 익숙해지지 않는 언어와 음식이 주는 고통, 다른 인종들과의 친교 과정에서의 혼란 이런 것이다. 이를테면

떡볶이, 달고나, 딱라면, 짜장면, 쫄면, 떡볶이
줄줄이사탕, 엄마 오실 때 줄줄이, 아빠 오실 때 줄줄이
사탕 빨며 내밀던 빨간 혀, 캐비넷 새알 초콜릿 몰래 먹은
검은 혀, 욕망의 김밥, 기다림의 뽑기, 분노 성적표 쫄면

아버지가 한밤중에 자던 우리를 깨어 먹이시던 마늘통닭
새콤달콤한 희망 단무, 갓 구운 센베이 과자의 추억
                                        ―「눈을 감아봐」에서

잠재의식에서 불려나온 맛과 음악(CM송)과 육친의 몸짓 같은 향수의 감각, 또는

엄마!
엄마도 아시다시피 전 우유로 만든 것을 먹으면
배탈이 나잖아요.
그러나 전 아무 탈이 없는 것처럼 먹었어요.
덕분에 내 새 친구들은 그 애들 음식을 맛있게
잘 먹는 나를 아주 만족해했어요.
넌 정말 우리랑 다름없구나

— 「불리미아(Bulimia)」에서

몸에 맞지 않는 현지 음식을 전혀 이상 없다는 듯이 먹어서 현지 친구들 부류에서 소외되지 않으려고 애쓰는 아이 모습 같은 문화충돌 양상, 또는 그 중에서 대표적으로

미스 로페츠가 그림책을 보여주었다.

강(江), 내가 말한다.

틀렸어. 리버(river)라고 그녀가 말한다.

리버(liver), 내가 말한다.

〔…중략…〕

내 입을 봐
레레레레레
<u>ㅂㅂㅂㅂㅂㅂㅂㅂㅂㅂㅂㅂㅂㅂ</u>

리버
리버

그 후로
나는 입을 다물었다.

—「둘째 시간」에서

서툰 영어 발음으로 당한 고통. 깊어진 정신적 상처…… 이런 것들이 이끌어낸 언어적 감수성의 성장과 확대 등. 나열하기도 힘들 만큼 많고 다양한 상흔이 그녀 내부에 각인되고 그것에 대한 언어표현에 대한 고민이 얹어지면서 그녀는 서서히 시인으로서의 자기 내면을 채웠다.

― 미국에 와서 고2 과정부터 다시 했다. 두어 살 어린 친구들과 어울렸다. 전체적으로 분위기가 좋았다. 상하관계도 없었고 인종 차별도 거의 느끼지 못했다. 선생님도 편하게 대해주었다. 커뮤니티 칼리지에 입학해 그룹 스터디 같은 것을 하면서 어울렸다. 그러나 한때 영어, 음식 등에서 불편을 겪었고 또 어쩔 수 없는 문화 차이에 충격도 많이 받았다.

― 아마도 한국에 있었으면 국문과에 입학했을 것이고 모르긴 해도 시인이 되었을 것이다. 그러다 이민을 와서 문학은 밀려나 있었다. 그럴 때 한인 사회에서 마련한 문학캠프 같은 것이 큰 위안이 됐다. 크리스챤문인협회의 '크리스챤문학'과 해외 한인 대상 공모전 '울림'에 투고한 것이 동시에 당선이 되었다. 이 무렵 읽은 김승희 시인의 시가 내 시의 방향을 잡아 주었다. 월간『문학사상』을 구독해서 읽었고 내 글이 실릴 잡지를 꿈꾸면서 많은 시를 썼다.

― 미국에 와서 모국어로 시를 쓰면서 큰 위안을 얻었다. 그러나 동시에 그것이 내 마음의 진정한 것을 치유한다는 느낌은 아니었다. 대학 시절 학교 친구들이 내 시를 영역해주면서 나 스스로 영시를 쓰게 되었다. 영시도 쓰고 한국어 시도 썼다. 어떤 것을 먼저 쓰고 그것을 상대 언어로 번역해 보기도 했다. 그 둘 사

시인은 지구에서 어떻게 숨 쉬는가

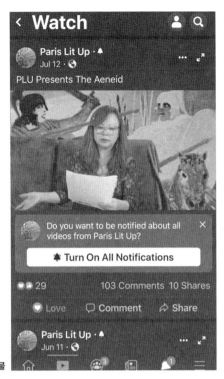

시 낭송 행사 홍보물

이에 내가 있는 듯했다.

    극과 극 사이의 삶/ 너무나 틀린 두 사람이 내 안에서/ 서로 잡아당기고 끌어당기고/ 그 혼동 속에서 소리조차 지를 수 없던 나,/ 일점오세./ 차라리 벙어리가 되어 시를 쓰던 무수한 밤들……/ 한국사회에서 한국 옷을 입고/ 미국 사회에선 미국 옷으로 갈아입어야 했던 나,/ 나는 누구인가?/ 한국사람?/ 미국사람?/ 너무나 다른 두 세계 속에서/ 자아를 찾기 위한 숱한 투쟁과 갈등.// 이제 나는 나의 소리를 내기로 결심합니다./ 완전한 한국사람도, 미국사람도 아닌/ 내 자신을 고백하면서……

　　　　　　　　— 영한시집 『One Point Five 일점오세』의 서문

3. 이민자 시인에서 역사의 증언자로

고현혜 아닌 Tanya Ko Hong 또한 1.5세 시인의 독특한 지위를 얻고 있다. 물론 영어권에서 벌어지는 일이라 그 내용을 깊이 알기는 어렵다. 일차적으로 Tanya Ko Hong의 자리는 '번역된 고현혜'로서의 의미가 중심에 놓일 것이다. 한국인 이민자로서 미국에 정착하면서 겪은 애환은 번역을 통해 미국문단에 전해져 나름의 충분한 공감을 얻고 있는 것으로 전해진다. 그런데 그녀는 1.5세. 바로 영어 사용자로서 영어를 한국에 옮길 수 있는 지위에서 한국어 시인 고현혜의 번역으로서의 Tanya Ko Hong에 머물지 않고 미국 영어권 시인 Tanya Ko Hong의 번역으로서의 고현혜의 자리를 함께 점한다는 점을 주목해야 한다. 그녀는 한국어로 시를 써서 영어로 번역하는 것이 아니라 영어로 시를 써서 한국어로 번역을 하는 시인인 것이다.

　— 고교를 마치고 뉴욕에서 *FIT 칼리지*를 다니다 *UCLA 진학*

이 확정됐으나 바이올라 대학교에 들어갔다. 친구들에게 시 쓴 것을 보여주며 영어로 설명하니까 영어로도 써보라 해서 자연스럽게 영어로도 시를 쓰게 됐다. 소네트 같은 것을 쓰는 것이 숙제였는데 내 안에 잠재된 뭔가가 영어로 표현되더라. 한국어로 표현할 때 어려웠던 것이 절로 풀리는 경험이 이어졌다. 내가 영어로 시를 써서 신문에 발표를 하니까 지역신문에서 인터뷰를 했다. 힘들었지만 보람도 있었다. 영어시 창작의 가능성을 그때 열었다.

— 본격적으로는 2000년대 들어 안티오크 대학 대학원 문예창작과 다니면서부터였다. 대학 매거진에서부터 시작해 문학잡지 등에 시가 실렸다. 한국과 달리 미국 문단은 시 쓰는 사람들이 낭송회를 열고 컨퍼런스를 열어 교류하고 토론하면서 시인으로 성장해 간다. 등단이니 뭐니 하는 것이 없다. 매거진에 시를 보내 채택되면 실리고 낭송회가 있으면 나가서 낭송하면 그게 시인이다. 거기서 전문가나 대중에 눈에 들면서 시인으로서 성장해 간다. 나는 그걸 즐겼고 그로부터 시인이 되었다.

— 처음에는 영어시 창작이 쉽지 않았다. 한국어로 쓴 것을 번역하는 일이 많았다. 그러다 영어시가 능숙해진다는 기분이 들었다. 깊이 쓰다 보면 내가 지금 한국어로 창작하고 있는지 영어 창

작하고 있는지 모를 때도 있다. 어떨 때는 한국어로 표현하면 얼마나 편할까, 그 반대는 또 얼마나 편할까 생각하고 고민하고 희열도 느끼고 한계도 느끼며 쓴다. 곧 박사과정에 들어가 더 공부할 작정으로 열심히 준비하고 있다.

양국어로 시를 쓰는 그녀의 작업에서 더욱 소중하게 봐야 할 것이 있다. 그 하나는 언어적인 것이다. 그녀는 양 언어 사이의 갭을 느끼고 그것을 시로 표현하고 또 그 갭을 극복하려는 시적 실험을 한다. 가령 「보고 싶어」라는 시를 영어 표현 「I miss you」가 아니라 「Bo ko ship uh」 식으로 표현해 양 언어의 갭을 보여주면서 동시에 그 갭의 극복이 어떻게 가능한지를 탐색한다. 그녀가 낭송회와 컨퍼런스에 참석하기 위해 미국 전역 그리고 유럽까지 나가게 되는 것도 이 갭을 소리로 직접 전하기 위해서라고 할 수 있다. 전업주부로서 아이 셋을 키우면서 이처럼 적극적으로 문단 활동을 하는 일에는 많은 어려움이 수반될 수밖에 없지만 그녀는 그걸 해냈고 아직 더 해내야 한다. 미주 문단의 시인 조지 윌러스(George Wallace)는 인터뷰 기사에서 "그녀만의 지도에 사는 이민자로서 특유의 언어를 구사하는 시인"이라 그녀를 평했다.

그녀를 귀하게 여겨야 할 부분은 또 있다. 그녀는 이민 생활을 하면서 새롭게 모국의 역사를 인식한 1.5세 이민자다. 또한 그

시인은 지구에서 어떻게 숨 쉬는가

역사 속에서 여성이라는 존재를 자각하는 통로를 찾아냈다. 그녀는 「소꼬리탕」에서 "죽은 핏물을 다 뺀 뒤/ 우윳빛 날 때까지 끓이는" 아버지의 '소꼬리탕'을 노래하면서 자신의 몸에 흐르는 역사를 자각했다. 그 역사 안에 들어 있는 한국인의 비극을 공부했다. "고아원 앞에 몰래 내려놓고 온/ 반쪽 검은 딸"(「기지촌 할머니 이야기」)을 인식하고, "오지 않는 남편을" 기다리며 시를 쓴 허난설헌을 떠올리며

시를 쓰렴

누가 나인가

너 자신에게 물어보렴

— 「허난설헌」에서

에서처럼 자신의 존재와 여성성을 드러낼 수 있음을 자각했다. 그녀의 역작 「푸른 꽃」은 이 연장선에서 나왔다.

그 날 밤,
나는 꿈을 꾸었다.

찢어진 창호지 틈새로 보이던 수많은 푸른 별들이
하얀 나비가 되어 내 방으로 날아 들어온다.

한 마리

                          백 마리

             천 마리……

수많은 하얀 나비들은 거미줄 쳐진 내 입을 열어
내 안으로 들어가고 있었다.

내 몸속으로 들어가 아물지 못한 빨간 상처를 한 뜸 한 뜸 꿰맨다

나비들이 주검보다 무거운 내 몸을 일으킨다
나비들이 지옥보다 무거운 내 문의 빗장을 열어

             이 새벽에

나를 깨운다.

—「푸른 꽃」 제7장 전문

　　　　　　　　　시인은 지구에서 어떻게 숨 쉬는가

총 7장으로 구성된 이 시는 태평양전쟁 당시 일본군 위안부로 끌려가 수난당한 조선 여성 '나'가 1991년 텔레비전 보도를 통해 일본이 그 사실에 대해 완강히 부정하는 장면을 보는 데서 시작된다. 1939년 순자와 함께 끌려간 나는 하룻밤 백명을 상대하는 치욕을 견뎌 살아남았고 이를 거부한 순자는 끓은 물에 처박혀 죽은 몸으로 그들의 먹이가 되었다. '나'의 귀향을 맞은 엄마는 '나'를 씻긴 뒤 자결하고 '나'는 30년, 40년 침묵 속에서 견뎌왔다. 그런데 1991년 오늘, 일본의 역사 부정을 목도한 날, '나'의 꿈에 푸른 별들이 하얀 나비가 되어 날아 들어오는 것을 본다.

일본은 아직까지 군 위안부의 실체에 대해 "*우리가 그런 적이 없다./ 그 여자들이 돈을 벌기 위해/ 자진해서 우리에게 왔다./ 우리가 강요한 적이 절대로 없다.*"로 부정해 왔다. 이런 사실에 대해 미국 전역의 관심을 증폭시킨 것은 2014년 글렌데일 중앙도서관 뒤뜰에 건립된 '평화의소녀상'이다. '평화의소녀' 왼편 어깨에 나비 한 마리가 앉아 있다. 그 나비는 일본군 위안부로 끌려간 여성들의 짓밟힌 꿈을 상징한다. 전쟁으로 희생당한 여성의 찢어진 마음을 뜻하기도 한다. 역사의 폭력에 좌절당한 인간의 꿈이 여전히 살아 있음을 보여주기도 한다. 낭송을 들은 *Beloit Poetry Journal*의 편집장 존 로젠월드(John Rossenwald)는 "심장이 멎을 듯한 놀라움으로 눈물 흘린 청중들"을 묘사했다. 시인

엘렌 배스(Allen Bass)는 "여운과 기품 속에 잔잔히 전하는 충격적인 진실은 우리의 가슴을 무너뜨리지만 그녀만의 따스한 감성으로 우리를 숨쉬게 한다"고 했다.

이 시의 영어 제목은 '위안부'라는 뜻의 "Comfort Woman"이다. 고현혜는 Tanya Ko Hong으로서 역사를 증언하는 임무를 수행중이다. 미국의 여러 단체가 이를 알아보고 그녀를 낭송회와 컨퍼런스와 매거진에 초대한다. 그녀는 거기에 나가 시를 낭송하고 역사를 말하고 작품을 발표한다. 해외 한인 시인 고현혜로서 한국 문단에 시를 발표하고, Tanya Ko Hong으로서 미국 문단에 시를 발표하는 그녀에게 어느새 이렇듯 '역사의 증언자'라는 임무가 부가돼 있다.

*

일본군 '위안부'에 대한 관심이 전 세계적으로 높아지던 2013년 7월, 해외에서는 처음으로 '평화의 소녀상'이 세워졌으니 그 장소가 바로 캘리포니아주 글렌데일 시립공원이었다. 2014년부터 매해 여름겨울 로스앤젤리스를 방문하게 되면서 절로 그 사실을 의식하게 되었다. 그럴 무렵 고현혜, 아니 Tanya Ko Hong의 "Comfort Woman"가 갈수록 주목되면서, 그녀의 더 많은 시들 또한 상당한 의미로 다가왔다. 위의 글은 2018년 8월 미국 로스

시인은 지구에서 어떻게 숨 쉬는가

— LA 다운타운 아트 디스트릭트의 천사 그림 앞에서. 2012년 콜레트 밀러(Colette Miller)가 '우리가 바로 천사다' 라는 이미지를 구현하기 위해 펼치고 있는 'Global Angel Wings Project'의 첫 그림(2014). 이 프로젝트는 현재 전 세계를 무대로 펼쳐가고 있음.

앤젤리스 한인타운에서 인터뷰를 하고 그해 『시인동네』 10월호에 실은 것이다.

그 사이 고현혜 또는 Tanya Ko Hong에게는 많은 체험이 더얹어졌다. 스스로 계획한 대로 캘리포니아 산타바바라에 있는 Pacifica Graduate Institute의 신화학(Mythology) 박사과정을 밟고 있다. 2019년에는 전자시집 『유월의 눈』을 발간한 데 이어 영시집 『The War Still Within』를 발간했다. 이중 "The War Still Within"이 2018년 *Pushcart Prize*에 소개된 데 이어 여러 영어 창작 시들이 미국의 권위 있는 문학지 *Rattle, Beloit*

*Poetry Journal*에도 실리고 *Lunch Ticket* 등에 게재되는 등 소위 주류권 문학에서 주목받는 시인이 되어가고 있으며, 영어, 불어, 스페인어, 불가리아어, 알바니아어로 번역된 그녀의 시들이 여러 사이트에 오르내리게 됐다. 또한 CUNY(City of New York University)의 아시안 디아스포라 행사(2019), 마케도이나의 테토브에서 개최한 제23회 나이미트 세계시인축제(2019), 텍사스주의 샌 안토니아에서 열린 작가컨퍼런스 AWP(2020) 등에 초청되기도 했다. COVID-19로 이러한 외부 행사는 중단되었지만 그녀의 부지런함은 멈춰지지 않고 있다. 2020년 3월 30일 파리 Paris Lit Up의 초대시인으로 온라인 시낭송을 한 경험으로 4월에는 미국 'National Poetry Month'에 맞추어 유튜브방송으로 매일 한 편의 시를 낭송했다. 많은 행사가 non-contact로 전환되는 이 시대, 어쩌면 한-미를 오가고 영어권-타 언어권 시대를 넘나들면 활동해온 그녀로서는 할일이 더 많아졌다고도 할 수 있겠다.

— 팬데믹으로 북투어, 출판기념회, 세계시인대회, 강의 모두 취소되었다. 반면 파리, 방글라데시아, 뉴욕, 로스앤젤리스 등의 기관 초청으로 시낭송을 하게 되는 등으로 '문학 세계화'를 경험하고 있다. 그런데 이런 non-contact로 만나는 것이 아직은 상대의 마음에 가닿는다는 느낌까지는 들지 않는다. 점차 인터넷

시인은 지구에서 어떻게 숨 쉬는가

모임을 자제하고 대신 자연속에서 시간을 많이 보낸다. 두 발로 산을 걷고 바다를 거닌다. 불필요한 것은 줄이고 단순하고 중요한 것만 하자는 생각을 하고 있다. 한 사진작가와 월요일마다 두 시간씩 걸으며 COVID-19 속에 변화하는 우리 삶을 기록과 사진으로 남기도 있는데 이게 어떤 예술 형식이 될지 아직 모르겠다.

모국어 시와 영어 시를 동시에 창작해온 그녀를 한동안 한인문학계에서 외면하는 게 아닌가 싶더니, LA 중심으로 한인 모국어 시문학을 확산해온 시인 고원을 기리는 고원문학상이 그녀를 반겨줌으로써 모국어-영어 두 언어권을 오가는 그녀의 노력을 더욱 기대할 수 있게 되었다. 고원문학상 수상을 축하하는 한 인터뷰(NEW KOREA-AUSTIN, 2020년 8월 29일)에서 그녀는 자신의 시적 변모를 '아이들 곁의 엄마'라는 자리에서 '한인이자 미국 시민권자'로의 이동이라고 설명하고 있다. 그녀는 미국사람뿐 아니라 타민족 이주자들과도 소통을 통해 그들의 삶을 수용하면서도 자신을 그들에게 제시하는 삶을 쌓아가는 중이다. 그런 중에도 빼놓지 않고 지적해 두는 것이 '우리들의 이야기, 한국의 역사를 배우는 일 또한 게을리하지 않아야 한다'는 사실에 대해서다.

아버지가 그립지만 같이 있고 싶단 뜻은 아니에요
— 이규리, 「꽃나무의 미열」에서

이규리 1955년 경북 문경에서 태어났다. 고교 이후 대구로 나와 줄곧 살게 되었다. 계명대학교 대학원 문예창작과를 졸업했고 1994년 『현대시학』으로 등단하였다. 시집으로 『앤디 위홀의 생각』 『뒷모습』 『최선은 그런 것이에요』가 있고 최근 제4시집 『당신은 첫눈입니까』를 냈다. '시적 순간'을 담은 산문집으로 『시의 인기척』 『돌려주시지 않아도 됩니다』가 있으며 대구시인협회상, 질마재문학상을 수상하였다. 2018년 고향에서 개관한 문경문학관 초대관장으로 일하고 있다.

최선의 아침을 향해 나지막이
— 대구 중구 근대골목에서 이규리를 만나다

1. 흰죽의 저력, 끝내 남는 풍경으로

통념으로 보면, 이규리는 늦깎이다. 그런데 늦게 문학한 티가 전혀 안 난다. 늦게 문학한 티가 안 난다면 일찍 문학한 것처럼 보여야 하는데 또한 그렇지 않다. 한국에서 문학을 한다는 게 좀 그렇다. 좋은 문학이 많은데 거기 뭔가 어떤 울타리 같은 게 느껴진다. 때로 그 울타리가 흐트러져서 숨통이 트이나 싶다가도 금세 그 바깥으로 또 다른 울타리가 쳐진다 싶다. 굳어진다 싶으면 말랑말랑하게 하고 더 굳으면 깨고 나가야 문학인 건데 그런 일마저 어째 낯익다. 그 익숙함을 향해 무수한 이들이 뒤따라온다. 늦든 이르든 그렇게 따라온 이들이 한국문학의 동일한 움직임으로 그냥 수렴되는 것 같다⋯⋯. 이것이 학교의 문학교육 탓인지 어디나 형성되는 기득권문화 또는 알게 모르게 존재한다는 소위

'문학권력' 탓인지 알 수 없다. 그런데, 그럼에도 불구하고 그 한국문학을 향해 부지런히 따라왔으되 도무지 길들지 않은 그대로, 그렇다고 티 나게 부산떨지 않으며 자기 영역을 확연히 빛내는 문학들이 있다. 그 힘겨움을 지켜오다니! 이규리 시가 바로 그렇다.

　이규리, 1955년생으로 1994년 문단에 첫발을 내딛고, 그러고도 10년 뒤 등단작 5편을 모두 빼고 첫 시집(『앤디 워홀의 생각』, 2004)을 낸 시인이다. 2년 뒤 둘째 시집(『뒷모습』, 2006)을 내더니 또 다시 2014년에야 셋째 시집(『최선은 이런 것이에요』)을 냈다. 40에 시작해 60에까지 3권. 급류(急流)가 아니어서 돋보이지 않았다. 하지만 결코 세류(細流)가 아니라는 사실. 굵지 않아 딴딴함을 알아차리는 데 시간이 좀 걸리는 대추 같다고 할까. 속은 꽉 찼는데 겉이 허술해 보여 발걸음을 지나쳐 보내는 밤송이 같다고 할까. 이미 진면목을 알고 적지 않은 이들이 들어가 노니는가 하면, 먼발치에서 훑어보고 지나가는 이들도 꽤 되는 그런 '은밀한 이웃정원' 같다고나 할까. 이런 어설픈 비유로 추측하고 설명할 게 없다. 이런 사태는 이규리 시에 이미 다 나온다.

　　무슨 단체 모임같이 수런대는 곳에서
　　맨 구석 자리에 앉아 보일 듯 말 듯
　　몇 번 웃고 마는 사람처럼

〔……〕

어떻든
단체 사진 속 맨 뒷줄에서
얼굴 다 가려진 채
정수리와 어깨로만 파악되는
긴가민가한 이름이어도 좋겠다

있는가 하면 없고, 없는가 하면 있는
오래된 흰죽 같은.

—「낮달」에서

몸이 가느다란 것은 어디에 마음을 숨기나
실핏줄 같은 이파리로
아무리 작게 웃어도 다 들키고 만다

〔……〕

아무것도 숨길 수 없는 마른 체형이
저보다 더 무거운 걸 숨기고 있다

—「코스모스는 아무것도 숨기지 않는다」에서

언제부터인가 단체사진에서 주먹 쥐고 '파이팅!' 하며 국적불명의 구호를 외치는 장면이 유행이다. 그런데 그 안에 주먹 안 쥐고 '파이팅' 안 외치는 모양을 한 사람도 있게 마련이다. 여럿 속에 '긴가민가한 이름'으로 살아있던 존재가 있는 것이다. 그 '긴가민가'에도 다 뜻이 있는 건데 그런 것쯤 대강 덮고 지나는 풍조가 오래 지속돼 왔다. 그러다 그런 것들 중 일부가 속에서 곪아 터져버려 밖으로 드러나면서 세상은 다른 비명을 듣는 일도 생기곤 했다.

> 바깥 수도가 얼어 터졌다
> 참았던 말,
> 들어주지 않으니 손목을 그었다
>
> ―「동파」에서

"아무것도 숨길 수 없는 마른 체형"들이 이제 더 숨길 수 없게 되자 결국 "저보다 더 무거운" 속을 드러내 버린다. 그걸 안 드러내고 그걸 안 봐주니까, "들어주지 않으니"까 "손목을 긋"는 '동파'의 계절이 온 것이다. 착각하면 안 된다. 그것은 '손목을 긋는' 자의 잘못이 아니라 '들어주지 않은' 세상의 잘못이다. 이규리를 그냥 '실핏줄처럼 작게 웃는' 시인이라 생각하면 큰일! 그 세계는 "있는가 하면 없고, 없는가 하면 있는" 것처럼 보이지만

시인은 지구에서 어떻게 숨 쉬는가

아픈 사람 구휼해 천천히 일으켜 세우는 '흰죽'의 저력이나 "처음이고 나중"으로 끝내 남는 풍경(「풍경」)의 철저함으로 충만하다. 이규리의 시가 바로 그렇다는 걸 실은 '동파하기 전'에 아는 사람은 다 알고 있었다. 이런 덕에 한국문학이 또 다행스러워지는 것이다.

2. '몇 시간 동안의 바리공주' 들여다보기

왜 늦었을까? 늦었는데 늦은 티가 왜 안 날까? 그럼에도 앞선 사람 흉내가 왜 없을까? 이규리에 대한 이런 생각을 다시 떠올리니 이규리가 여기저기서 한 말들이 꼬리를 물고 이어진다.

— 아버지는 신언서판(身言書判)을 강조하셨다. 딸 여섯 낳고 아들 하나 얻은 집. 나는 여섯째였다. 아버지는 딸들에게, 손님한테 물건을 드리고 나올 때 어떤 태도로 걷고 어떻게 문을 닫는지 실습을 시키셨다. 신발을 함부로 벗어두면 아버지는 "누구 짓이지?" 이렇게 다그치지 않았다. "신발이 벗어나 있던데 누구 신발일까?" 이렇게 말하셨다. "안 먹어요!" 이렇게 대답하는 대신 "먹고 싶지 않습니다"라고 하는 편이 좋다 했다. 누가 부를 때 눈알만 굴리지 말고 고개를 돌리거나 몸을 돌려서 상대를 보라 하셨다. 엄격하고 자상하셨다. 방에 불을 꺼놓고 이불 속에서 무서운 호랑이 얘기를 들려주셨다. 정말 재미있었고 그만큼 교훈적이었다. 나는 아버지가 많은 책에 책갑을 입히고 거기에 직접 기재한 책 제목을 유심히 보곤 했다.

— 여섯 딸 중 1과 4만 대학을 가고 다른 딸들은 고교까지 다녔다. 5와 6은 막내로 태어난 전주 이씨 장손인 남동생의 대학진학에 가로막혔다. 일찍 시집간 셋째언니는 고교 때 벌써 박목월 선생의 추천을 구두 예약한 상태였다. 식구 많은 집인데도 혼자서 방을 써도 다른 자매가 언짢아하지 않을 만큼 아우라가 있는

언니였다. 나도 일찍 재능을 칭찬받는 일이 좀 있기는 했는데 셋째언니에 비해서는 아니었다. 언니 방 서쪽 창에서 노을빛이 들어오는 장면이 기억난다. 어느 날 그 방에서 많이 울고나오던 언니 모습도. 아마도 이상과 현실 사이의 괴리 때문에 무척 아파했던 것 같다. 언니는 일찍 결혼하고 아이가 세 살 때 원인모를 병으로 세상을 떠났다.

— 어머니가 우리 남매를 키우면서 조부모를 모시고 살았다. 할아버지는 집에서 스님처럼 참선하며 지내는 분이었다. 아침 8시, 낮 12시, 저녁 6시, 매일 정확하게 할아버지 밥상을 지어 올렸다. 저녁 상차림이 조금 늦은 것으로 할아버지가 몇 차례 상을 엎는 것을 보았다. 아버지 어머니가 그 앞에 무릎을 꿇고 용서를 빌었고 다시 상을 차리셨다. 나는 시댁에서 맏며느리다. 가족 간에 모순이 방치되는 것을 못 본다. 어려움이 크지만 불평등에 맞섰다. 정의롭다 생각한 것을 말했다. 아이들이 평등한 세상에 살아야 한다고 생각한다. 내 생각과 말은 현실에서 수용되기 쉽지 않았고, 비참하리만치 오래 걸렸다.

— 남동생 위해 대학진학을 유보한 뒤 1974년 대구로 나와 공무원 생활을 시작했다. 혼자 영화, 연극, 음악회를 관람했고 '자우(慈雨)'라는 문학동아리를 대여섯 해 하면서 시화전 열고 시첩

도 냈지만 마음속은 황량한 벌판이었다. 결혼해 아이를 낳아 키우면서 비로소 세상의 섭리와 이치에 다가가는 경험도 했다. 방송대 국문과에 다녔다. 5.18이 지나가는 동안 시국의 아픔을 앉아서 바라보는 죄책감이 있었다. 한 달에 한 번, 아기를 잠재운 밤에 혼자 입을 틀어막고 세게 울었다. 유보한 문학에 대한 절망을 그렇게 카타르시스했다. 『문학사상』을 읽는 걸로 겨우 목을 축였다.

— 아이가 초등학교에 입학하기까지 까뮈, 카프카, 이성복, 최승자의 이름들이 지나가고 있었다. 마음은 바쁘고 걸음은 더뎠다. 꿈을 꾸면 발목에 쇠뭉치가 달린 채 쫓기고 있었다. 집에 가야 하는데 신발이 없었다. 대문이 저긴데 걸음이 붙박였다. 1994년 11월 늦은 가을, 저녁 외식을 하러 나가려다 『현대시학』의 전화를 받았다. 주간 정진규 선생이었다. '시인'이라는 말에 목이 메여 저녁을 먹지 못했다. 게으르게 낭비한 나날들, 부끄러운 모습들이 쓰나미처럼 덮쳐왔다.

— 1996년 7월 남편의 안식년으로 뉴욕에서 1년 살았다. 세계 자본주의의 극점에서 미술을 통해 존재와 고독의 심연을 보았다. 백남준 앞에서는 뜻밖에 애국심이 요동치는 것도 느꼈다. 서부 사막의 폐허는 매혹적으로 내 상처를 위로했다. 1998년 아버지

가 돌아가셨는데 울지도 못했다. 내 시에 '나쁜 표상의 아버지'는 아버지가 아니고 '아버지들'이었는데 그걸 이해시켜 드리지 못했다. 2002년 아이를 대학에 보내고 나서 대학원에 들어갔다. 많은 다양한 고통들에 놀랐다. 시인 이성복을 통해 카프카나 소세키가 새로 들어와 뇌리에 박혔다. 인식의 허례허식과 싸울 힘을 얻었다.

전통적인 가부장 집안에서 많은 딸 중 하나로 태어났으니 '바리공주'가 되지 않은 걸 다행이라고 여겨야 할까. 바리공주라니, 그럴 리가! 그 아버지는 엄격했지만 자상했으니까. 교훈이 강했지만 재미있는 이야기였으니까. 점점 부담스러워졌지만 여전히 존경스러웠으니까. 그런 아버지의 전통으로 집안이 화목하니 이 화목을 이을 다음 장자에게 권위를 얹어주고 몸을 낮추고 살면 되는 일이었으니까. 하지만 어디 그러기만 했으랴.

내가 막 태어났을 때 엄마는 나를 강보에 싼 채 몇 시간 윗목에 밀쳐놓았다. 몇 시간 동안 내가 올려다본 세상, 두통은 그때부터 시작되었다.

—「윗목」에서

그 몸이 "아직 도착하지 못한 기다림"의 윗목에 있거늘! 이 알

수 없는 '두통'의 근원이 거기 있었거늘!

　인간은 부모에게서 분리되면서 어른이 된다. 그 분리과정에서
아이 때의 고정관념이 파괴되면서 생기는 정신적 고통이 통과제
의로 펼쳐진다. 어쩌면 화평한 유년을 보낸 사람일수록 이 과정
은 더 아플 수 있다. 이규리는 태어나서 화목하게 가르침 받고 그
가르침대로 살아온 삶이 길어서 그것을 에워싼 고정관념이 깨지
는 아픔 또한 길게 겪은 사람이다. 그것이 더 아프고 더 긴 것은
그것을 하나의 실체로 증명하는 언어 또한 단단한 외피에 싸여
깨어지기 어려웠기 때문이다. 이규리는 삶을 깨는 데 문학을 필

요로 했고 그 문학을 깨는 데 삶이 필요했던 사람이다. 이규리에게 삶과 문학은, 보통 사람 보통 시인처럼 그것들이 서로 길항하는 관계가 아니라, 그냥 한 몸과 같다. 삶이 문학을 끌어올리고 문학이 삶을 끌어올린다. 그렇게 서로 끌어올리며 마침내 시가 되었다. 그리고 그 시의 근원이자 시에 이르는 전 과정에서의 아픔의 근원이었던 것은? 바로, 아버지! 아니, "내가 막 태어났을 때" 엄마로 하여금 "나를 강보에 싼 채 윗목에 밀쳐놓"게 한 '아버지들'! 아니, 그런 '아버지들'과 한 몸이었던 '아버지'!

　　밤 9시엔 내 아버지가 서 있습니다. 칼로 내리쳐도 지워지지 않는 아버지가 있습니다. 〔······〕 그리하여 나의 별이나 나무, 일기장이나 미술선생님도 9시에 잘렸습니다. 내가 9시만큼 짧아진 걸 아는 사람은 아무도 없었습니다.

　　〔······〕

　　아버지의 그때를 기다리다 웃자란 그리움들 뚝뚝 잘라내며 마당 가득 핀 황국 속으로 몇 대야의 가을을 좍 내다 부었습니다. 9시 밖으로 쏟아져 나가던 유령 같은 말들. 아버지의 9시는 무화과 잎보다 더 무성하고 나는 9시를 넘지 못하는 어둔 기적 소리였습니다.

—「아직도 9시가 있다」에서

　　아버지가 읽는 현재는 언제나 과거이다

내 삶의 곳곳에 밑줄을 그었던 아버지,

—「아버지의 방」에서

아버지들은 지키는 것만 가르쳐주었지 사용하는 건 가르쳐주지 않
았어요

그건 지킬 수 있는 방식이 아니었겠죠

—「나의 고전주의」에서

아버지가 그립지만 같이 있고 싶단 뜻은 아니에요

그건 내 말이었다

—「꽃나무의 미열」에서

아버지는 '지키는 것'을 가르쳐 주셨다. '나'는 '밑줄 그으며' 그것을 익혔다. 아버지는 딸에게 밤늦게 귀가해서는 안 된다고 가르쳤고 그 가르침은 절대적인 시간이 되어 '나'를 제한했다. '나'는 거기서 '생애가 짧아졌다'. 시간이 지나고 세월이 흘러 아버지를 생각하면 그리움이 밀려들지만 그럴수록 아버지는 그 제한된 시간의 절대자로 살아난다. 나는 그 아버지의 시간에 갇힌 '나'를 의식하게 되면서 아버지를 그냥 그리운 대상으로 떠올릴 수 없게 되었다. 그리움의 크기만큼이나 거리를 두고 싶은 마음이 커져 있다. 그런 때의 아버지는 '내 아버지'가 아니라 '아버

지'라는 이름으로 세상의 딸들을 제한하고 가르친 무수한 '아버지들'의 의미가 된다. 그 '아버지들'은 아버지의 뿌리와 같아서 아버지를 원초적으로 관여한다. 그뿐 아니다. '아버지들'은 세상의 모든 딸들, 어머니, 할머니, 누이까지 관여한다. 나아가 '아버지들'은 '아버지'를, 세상 모든 남성들을 관여하고 궁극적으로 세상 모든 것에 관여한다.

아버지는 딸을 '바리공주'로 버리지 않았다. 아버지는 딸을 '몇 시간 동안'이라도 밀쳐놓은 적이 없었을 것이다. 그렇다면, 딸을 '몇 시간 동안'이라도 버린 것이 엄마였다고 했으니까 엄마라고 알면 그뿐일까? 천만의 말씀이다. 아버지는 '아버지들'이 되었고 엄마는 그 '아버지들'의 습속으로 '나'를 버린 것이다. 내가 태어날 때부터, 아니 그보다 더 오래전부터 그랬던 것이다. 아버지는 아버지로 살면서 딸들을 사랑했지만 '아버지들'로도 살아서 딸들을 제한했다.

이규리의 시는 자신의 아버지에서 그 원초적인 자리에 관여한 '아버지들'을 찾아내 모순과 불합리를 분리함으로써 비롯된 시이다. 다만, 삶이 그렇게 인식되는 사이, 그것을 실체화할 언어가 따라오지 않거나 언어만이 앞서 가는 통에 여기까지 오는 데 시간이 참 오래 걸렸다. 오래 걸렸기 때문에 이규리의 아버지/'아버지들' 분리는 구석구석 모질게 이루어진다. 그러느라 너무 아파서 눈물바다가 되기도 하고 아주 '드라이해져서' '불친절한 추

최선의 아침을 향해 나지막이 — 대구 중구 근대골목에서 이규리를 만나다

상화'를 그려 보이기도 한다. 이규리는 아버지/'아버지들'의 분리와 객관화 과정을 통해 "아무 말도 아무 말도 할 수 없"(「저, 저, 하는 사이에」)던 자신을 인식하는 '자의식적 의미'에서부터 "꽉 조인 하루"의 "슬픈 감옥인 코르셋을"(「코르셋」) 벗어버리는 '사회적 영역'까지 두루 확보한 시인으로 살고 있다.

3. 철저하게 처절하게

아버지/'아버지들'을 분리하는 자의식과 그것을 드러내는 언어에 대한 자의식이 모이고 모이는 길고긴 시간이 이규리의 삶이고, 그것이 곧 시가 되었다. 그 일은 아픈 감각과 슬픈 감정을 수반한다. 자의식이 깊은 데 가닿고 그 행위가 길어질수록, 그래서 아프고 슬플수록, 그 삶은 당위성을 얻고 그 시는 당당함을 획득한다. 아이러니도 이런 아이러니가 없는 것이다. 안 아프고 안 슬프도록 애쓰며 살고 또 그러자고 시를 쓰는 건데 그게 아닌 것이다. 철저할수록 처절해지는 상황. 불편도 이런 불편이 없는 것이다. 어쩌면 시인은 이 불편을 기꺼이 감수하는 존재일 테니 이규리는 어김없이 시인인 것이다. 아니나 다를까 이 불편 위에서 아버지/'아버지들'의 분리작업을 오래 해오던 이규리는 불편 그 자체가 삶의 동력이라는 사실을 이해하는 새로운 경지를 찾는다.

시인은 지구에서 어떻게 숨 쉬는가

펭귄의 천적은 바다표범이다
바닷속 사정이 궁금한 펭귄들
서로 물에 먼저 들지 않으려
불룩하게 눈치만 살필 때

한 놈이 슬쩍 다른 놈을 민다
얼떨결에 무방비가 틱 미끄러져 든다

그때 내가 그녀를 밀었을까
그녀는 밀렸다 생각했을까
시달리다보면 누굴 밀었는지 착각에 들고
정말 밀었다고 믿기에 이른다

펭귄의 뱃속엔 물결과 물결이
저 안엔 파도치는 밤과 낮이
천적의 천적으로 살아있는 동안
남극의 빙하는 다 녹을까
그럴까

궁금하다
그때 빠져든 펭귄은 실족이었다 말을 했을까 ─「펭귄시각」전문

최선의 아침을 향해 나지막이 ─ 대구 중구 근대골목에서 이규리를 만나다

남극 생태계의 한 장면을 우화로 보여주는 시다. 펭귄은 살아남기 위해 천적으로부터 자기 종족의 안전을 확보해야 한다. 그러자면 누군가가 희생을 각오하고 천적의 출현 가능성을 살펴야 한다. 모두가 망설이던 중 한 마리가 천적이 있는 물속으로 들어갔는데, 그게 실족인지 아니면 누군가의 고의로 생겨난 일인지 알 수 없는 상황이 되어 있다. 그걸 아는 존재가 있다면 그 스스로 범인일 가능성이 높다. 그래서 그 범죄혐의자는 진짜 범인이 밝혀질 때까지 불편한 채로 살 수밖에 없다. 그렇게 살다보니 어쩌면 그런 불편이 그 자체로 하나의 존재이유가 되는 것 같기도 하다. 남극의 대자연이 서로 천적으로 긴장하며 지내느라 기나긴 생존의 세기를 이어왔듯이, 펭귄의 입수가 '나의 범행'일까 '그의 실족'일까 미확인인 채로 불편을 겪는 일 또한 펭귄이 삶을 긴장하며 살게 하는 힘이 될 수 있다는 얘기.

모르고 때리는 일이 맞는 이를 더 오래 아프게도 할 것이다
키 큰 내가 붙어 다닐 때 죽자고 싶다던 언니는
그때 이미 두들겨 맞은 게 아닐까
키가 그를 말해주는 것도 아닌데, 내가 평생
언니를 때린 건 아닐까

—「나무가 나무를 모르고」에서

자랄 때 언니한테 쫄쫄 붙어 다니던 '나'는 '내 큰 키'가 언니 앞에서 한껏 우월감을 자랑한 게 된다는 걸 정말 몰랐다. 아니 정말 몰랐을까. 언니가 그때마다 '두들겨 맞는' 아픔을 느꼈다면? 그렇다면 그때 '나'는 "언니를 때린" 것과 마찬가지다. 그걸 느끼는 순간 '나'는 그동안 '나'도 모르게 무수히 많은 상대들에게 알 수 없는 공박을 저질렀을 거라 생각하게 된다. 그 생각은 '나'를 끝없이 불편하게 한다. 인간의 실존 자체가 아픔이라는 것을, 그 아픔이 불가해한 삶의 내용이라는 것을 알아가면서 느끼는 불편! 그렇다면 그 불편이란 회피하려 말고 껴안고 가야 할 것이 아닌가. 적어도 문학이라면 그 윤리를 더 혹독하게 수렴해야 한다는 일종의 결심을 갖게 된다. 이규리의 '불편의 시학'은 여기서 탄생한다.

— 불편을 비롯해서 '아니 불(不)' 자가 든 낱말을 좋아하게 됐다. 늘 불안(不安)하고 불리(不利)한 쪽이고 불편(不便)을 마다하지 않고 선택하며 부족(不足)에 익숙하고 불가능(不可能)한 일에 무한 매력을 느낀다. 유리하고 익숙한 것을 외면한, 말하자면 일종의 다름을 따라나섰다 하겠다. 자기중심, 자기 편리를 버렸다 할까. 그것이 내 문학의 근간을 이룬 저항이며 내면이다. 불편을 애정하면 되었다. 시에 치유기능이 있음을 믿는데 불(不) 자를 친근하게 보게 되고 나아가 사랑하게 되면서이다.

대구시 동구 파계로의 집(나무와 별과 구름의 집) 발코니에서 '한 컷'!(제공 : 월간 『산』)

   — 그러나 '아니 불(不)'자가 첫 글자인 낱말 중에서 거부하는 것도 있다. 불신(不信), 부정(不正), 불법(不法), 부실(不實)…… 이런 것들이다. 전자와 후자의 차이는 분명한데 칼끝이 누구를 향해 있느냐에 있다. 앞의 不인 불편, 불안, 불리, 부족, 불가능 등은 칼끝이 자신에게 겨누어 있지만, 뒤의 不인 불신, 부정, 불법, 부실 등은 칼끝이 상대를 향한다는 것이다. 문학이란 결국 '절대적으로 자기가 불리해지는 것'이라고 카프카가 그랬다.

시인은 지구에서 어떻게 숨 쉬는가

불편도 그냥 불편이 아니다. 그것은 자신을 철저한 자기성찰로 이끈다. 그 성찰 덕에 이규리의 시 안에 무수한 물건들, 만나기 어려운 예술가/예술품이 그득 들어차게 된다. 그건 또 다른 고통을 만나는 일이기도 하다. 시선이 가고 마음이 가는 그 끝까지 가본다. 그것들이 '나'의 심연을 들추어 '나'를 다시 꼼짝없이 '불편'하게 한다 해도. 철저한 자기탐색이 처절하게 내면을 들추면서 시가 거듭 태어나고 고통은 회복되고 있다. "최선은 그런 것"이니까, "제 외로움을 지킨 이들"이 "아침을 만나는 거"니까(「특별한 일」).

*

2018년 이규리를 대구에서 몇 차례 만났다. 길게 얘기 나눈 것은 가을 초입, 중구 근대골목의 어느 한정식 집에서였다. 식사를 할 때부터 적어야 할 말이 생겨 마음이 급해졌다. 이 글 대화 부분 중에는 시인이 쓴 다른 산문에서 따온 것이 많다. 글로써 자신의 시학을 이렇게 잘 설명한 시인도 드물다고 생각했다. 위 글은 2018년 『시인동네』 12월호에 게재한 것으로, 일부 자구만 수정했다.

이후 2019년 4월 나온 두 권의 아포리즘 『시의 인기척』, 『돌려주시지 않아도 됩니다』를 다시 확인하는바, 이규리의 아포리즘은 세상이라는 거울에 자신을 비쳐 얻은 내적 이미지를 치밀하게 언어화한 것으로 읽힌다. 하나하나가 시적 울림마저 울리는 편린, 말 그대로 아포리즘이다. "목이 긴 기린은 성대가 퇴화해 울지도 못한다. 더 멀리 보고 더 많이 살피는 이유가 자신의 장애를 보완하기 위해서이리라."로 관찰된 대상은 "자기 안에서 세계의 밖을 살피는 울지 못하는 시인"(「시의 인기척 021」) 자신으로 치환된다. 그리고 "어떤 경우에도 불완전한 자의 위치를 벗어날 순 없지만 해답을 구해야 하는 일에 직면할 때면 더 아름다운 쪽을 선택했다."는 종전의 개념에 "그러나 이제는 덜 부끄러운 쪽을 선택한다. 그리고 입을 닫는다."(「시의 인기척 033」)는 다음 단계의 선택을 기꺼이 수용한다. 이렇듯 자신을 들여다보는 냉철한 관찰이자 단호한 자기정의의 기록이 10년 이상 써지고도 시나 다른 글로 전환하지 않고 보유되고 있었다니! 하긴, 이게 이규리다.

— 최근 네 번째 시집 『당신은 첫눈입니까』를 냈다. 이번 시집은 부질없음과 불가함의 이야기를 담았다. 즉 "안녕히 가세요, 나의 시간"(「그러므로 그래서」)이라는 문장에 나타나는 삶 안에서의 삶의 부정이나 "붉은 이상한 저녁에// 우리 서로 미래를 돌려주었는데"(「그런 12월」)에서는 고통을 스스로 자처하는 무서운 고립, 그리고 이어 "나는 원인도 모르는 슬픔으로 격리되겠습니다 ……저는 제가 없어진 줄 모르겠습니다"(「그리고 겨울」)라며 자아

를 생사 분리 상태까지 돌출시켜 놓았다. '불온하게도 나는 당신들을 다 버린 것이다'라고 선언하는 단계라 할까. 이건 당신에 대한 부정이 아니라 결국 혼자일 수밖에 없는 존재의 치밀한 자기 선언이며 그 확인을 실천하려는 의지에 다름 아니다.

— 코로나19로 많은 상황이 곤란하게 됐지만 그럼에도 불구하고 나는 이 '거리두기'에 묘한 기시감을 느끼고 있다. 시인이란 원래 '거리두기' 체질이 아니었던가. 강의를 몇 주 미뤄 시작하고 원격이다 뭐다 해서 방법을 대체하고 나니 이즈음의 고립이나 결핍은 내게 더할 나위 없이 귀한 시간이 된다. 인간의 한계를 절실하게 체득하는 일, 세계 내의 부조리를 선명히 보는 일…… 거부할 수 없다면 모쪼록 다른 사람들에게도 이 난관이 성찰과 겸허를 보는 계기이기를 바라게 됐다. 이런 과정에서 시집 교정도 더 찬찬히 볼 수 있었다. 코로나 상황에서 새 시집을 낸다. 이것이 다행인지 미안인지는 모르겠다. 그래도 우리의 삶은 계속된다는 현실이 있을 뿐이다.

최선의 아침을 향해 나지막이 — 대구 중구 근대골목에서 이규리를 만나다

고개를 들면 뿌리째 뽑힌다
그래도 꼿꼿이 서는 풀들이 있다

— 김오, 「풀잎」에서

김오 1956년 경기도 동두천에서 출생했다. 성인이 된 뒤 여러 업종을 전전하고 중동의 바레인에 나가 일하기도 했다. 1987년 호주에 일시 일을 하러 가서 멜번을 거처 시드니에 정착했다. 지금은 시드니 뉴스하우스웰스주 스트라스필드 구에서 식품유통 관련 일을 하고 있지만 언젠가는 영구 귀국할 예정이다. 1993년 『호주동아일보』 신년문예에 시「마당」이 당선하고 1994년 '시힘' 8집에 시를 게재하며 본격적인 활동을 시작했다. 시집 『캥거루의 집』(시평, 2005), 『플레밍턴 고등어』(천년의시작, 2018)를 냈다.

돌아올, 돌아오지 않는
— 호주 시드니의 김오와 함께

1. "상처받지 않은 사람은 먼 길을 떠나지 않는다"

상처받지 않은 사람은 먼 길을 떠나지 않는다. 썩 알려진 글귀로 보이는 이 말을 김오는 한때 호주에서 머물다 간 소설가 김인숙의 장편소설 『시드니 그 푸른 바다에 서다』(1995)에서 읽었단다. 30대 초반에 중동의 바레인에 나가 2년 근무하고 돌아온 김오는 1987년 호주로 옮겨가 지금껏 살고 있다. 큰 계획 없이 가서 30년이 넘었다. 한국 여권을 갱신해 그대로 쓰고 있는 한국인이자 호주 영주권자가 되어 있다. 돌아온다는 일념을 버리지 않아서다. 그곳에 오래 산 이민자들처럼 "이제 나는 돌아갈 곳이 없다. 내 묻힐 곳은 여기다"라고 결코 말하지 않는다. 하지만 "모년 모월까지만 일하고 접고 돌아가겠다"라는 계획도 분명치 않은 듯하다. 아마도 일이 끝나지 않아서일 것이다. 또래들이 모두 은퇴할 나이, 일을 줄일 때인데 김오는 일을 멈추지 않는다. 일, 즉 노동은 김오의 업이다.

— 내가 사는 곳은 시드니시티에서 북서쪽 방향으로 붙어 있는 파라마타 구에 있다. 코마트라는 식품유통 마트에 채소나 과일을 사서 대는 일이 내 공식적인 주업이다. 무, 조선오이, 조선호박, 깻잎, 순한 고추…… 주문받은 것을 플레밍턴 시장이나 한국인이 하는 농장에 가서 사 싣고 날라준다. 농장은 한 시간 거리인데 일주일에 두 번 간다. 다른 날은 10분 거리 시장이다. 농장 가는 날은 새벽 두 시에 일어나 2~3톤 실을 수 있는 벤을 타고 나간다. 일을 마치면 오전 10시다. 그 뒤로는 자유다. 익숙해지니 힘든 건 모르겠다.

노동시간이 길지 않고 자동차로 나르는 일이니 그리 힘들 것 없다 싶지만 실은 어디 그렇기만 할까. 남 다 자는 심야부터요 매일 되풀이되는 노동, 그것도 몸뚱이에 문제가 생기면 당장 차질이 빚어진다. 보수도 그리 많을 것 같지 않다. 게다가 시를 붙들고 살아야 하는 시인 아닌가.

— 시, 한때 버리기도 했다. 처음에 멜번을 거쳤고 시드니로 옮겨 와 이것저것 하며 지나면서 소위 시인이 되었지만 정작 내 사

업을 시작하고 10여 년은 시를 쓸 시간이 도저히 나지 않아 절로 멀어졌다. 가게가 망하고 지금 일을 하면서 다시 시를 쓰게 됐다.

김오는 호주에서 시를 쓰는 한인 이민자이다. 웬만큼 현지화됐을 법한데도 전혀 그렇지 않다. 시는 물론이요, 말도 생김새도 걸음걸이도 운전하는 모양새도 전혀 '호주스럽지' 않다. 이민 가서 그 나라를 싫어하면서도 그 나라에 잘 적응해 사는 사람도 많다. 이민자로서 김오는 그 나라에 대해 특별한 반감이 없다. 또는 모국을 향한 그리움에 병날 정도도 아니다. 거기서 열심히 일하며 살고 있다. 그러면서 여전히 돌아온다고 당당히 말하고 있다. 왜일까?

― 나는 재산 없는 집에서 재주 없이 태어나 살았다. 아버지 벌이로 집을 건사할 수 없어 어머니가 빚을 졌다. 2남 1녀 중 장남인 내가 그 빚의 상당부분을 책임지게 됐다. 고등학교 마치고 군대 마치고 와서부터 지금까지 노동했다. 상처가 많으니 집을 떠날 수 있었다. 상처가 아물면 집으로 돌아갈 수 있는 것이다. 이곳은 무엇보다 언어 때문에 정착할 수 없다. 나는 그 언어를 익힐 이유를 못 느낀다. 시 쓰는 일이 그 이유인지 그 결과인지는 알 수 없다.

211 ——————— **돌아올, 돌아오지 않는** ― 호주 시드니의 김오와 함께

2. 시의 마당에 서다

시인에게 왜 시를 쓰는가를 몇 번 물어본 적이 있는 사람은 알 것이다. 대부분의 시인이 그때그때 다른 답을 한다는 것을. 그 답도 아주 즉흥적이기도 하고 오래 생각한 것일 수도 있으며, 때로 아주 심오하고 때로 너무 간명하다는 것을. 반면에 시인이면 누구나 자신을 시로 이끈 구체적인 사실에 대해서만은 확실히 대답한다는 것도 잘 알 것이다. 그런 문제라면 시인은 대개 분명한 기억을 가지고 그것에 대해 말하게 되니까. 김오에게도 그런 구체적인 기억 몇 가지가 분명하게 남아 있다.

― 나는 동두천에서 태어나 자랐다. 고등학교 1학년 때 학교에서 하는 시화전 행사에 시를 냈더니 국어교사이신 김용호 선생께서 그걸 선택해 주셨다. 소설은 이야기라는 점에서 재미를 느끼고 있었지만, 시가 이렇게 짧은 건데도 재미가 난다는 것이 신기했다. 고교 때 교내 백일장에서 시 장원에 뽑힌 것도 나를 고무적이게 했다. 김명인 시인의 시집 『동두천』을 본 것도 좀 충격이었다. 그 시집에 동두천에 관한 시가 몇 편밖에 없었지만 내가 사는 곳이 시가 된다는 사실이 놀라웠다. 혼자 끼적끼적하다가 직장 다닐 때 '중앙일보문화센터'에 나가 황동규 시인이 하는 시창작 강의를 12주 들었다. 교과서 시와는 전혀 다른 배움이어서 신선

2018년 6월 8일 교보문고 광화문점에서 열린 수요낭독공감 김오 시집 『플레밍턴 고등어』 편

(제공 : 뉴스페이퍼)

했고 늘 들뜨고 그랬는데 실제 내 시에 큰 진전이 있었던 것 같지
는 않다. 이런 정도가 내가 모국에서 만난 시의 대부분이다.

　김오가 산 동두천은 산업사회 이전에는 농업 인구가 대부분이
던 도시다. 분단 이후 지금까지는 미군 관련 시설이 시 전역의 반
에 이르는, 서울의 위성도시 중 군사적 의미가 가장 큰 도시라 할
수 있다. 그러니 토착 농민에 비해 군사, 상공업, 서비스 등과 관
련한 사업 종사자들이 많을 수밖에 없다. 김오의 아버지도 1.4후
퇴 때 남하한 이른바 '삼팔따라지'로 배운 기술이 있어 미군부대
일을 했다. 넉넉하지 않은 살림에 김오는 상고를 택했고, 당연히
시 같은 것에 익숙하지 않았다. 특별한 시인들은 이와 같은 환경
을 뚫고도 재능을 곧잘 발휘하는 모양이지만 김오는 거기까지는

　　　　　　　　　　　　　　　　돌아올, 돌아오지 않는 ─ 호주 시드니의 김오와 함께

아니었다. 그에게는 아직 더 많은 노동이 필요했던 것이다.

— 군대 다녀와 1980년부터 일을 했다. 제일제당에 공채로 합격해 식용유 판매과에서 대리점을 관리하는 일을 했다. 매일 시간에 얽매여 일하는 게 체질에 안 맞아 그만두고 이듬해부터 동업으로 고려페인트 대리점을 했다. 3년 뒤 거래처 부도로 손을 털고 중동 바레인에 나갔다. 상고 출신인 덕으로 급여를 담당해 편하게 있었지만 봉급생활이라 큰돈을 벌지 못했다. 거기에서 백인들이 움직이는 자본의 단위에 새롭게 세계를 느끼기도 했다. 귀국하고 할일을 알아보다 호주에 가게 됐다. 멜번에서 피아노 운반 등 노동을 3개월 하고 시드니로 옮겨 청소일을 했고, 1988년 서울올림픽에 맞춰 귀국하려 한 건데, 매제가 치명적인 교통사고를 입고 보험처리를 기다리는 동안 옆에서 도와주는 상황이 됐고, 그 때문에 그만 불법체류자가 되기도 하고. 쇼핑센터 울워쓰 직원, 관광가이드 등을 거쳐 식품가게를 인수해 10여년 경영하고 결국 파산······.

김오가 시인이 된 것은 이런 복잡한 호주 정착과정의 일이다. 1993년 시드니의 한인신문인 『호주동아일보』에서 개최한 제1회 신년문예에 당선된 것.

내 마당엔 하늘과 잔디밭이 조금 있습니다

두 그루의 오렌지, 레몬나무 하나,

자몽, 장미, 동백이 별처럼 살고 있습니다

마당 끝자리에 있다가

바람이 부는 날에 하늘로 가고

비 오는 날에

꽃을 들고 열매를 들고 마당으로 옵니다

그래서 나무들이 보고 싶으면

하늘을 보고 별이 보고 싶으면 마당을 봅니다

레몬나무에 북극성이 열리고

가끔은 직녀가 장미로 피어납니다

마당에서 올려다보는 하늘은 그리움입니다

자몽나무에 앉기도 하고 동백에 앉기도 합니다

가끔 바람 부는 날이면 은하수에 앉아도 보고

쌍둥이좌에 갔다 옵니다

하늘에서 내려다보는 마당은

비 끝으로 열리는 아침입니다

슬픈 꿈이 깨는 아침입니다

오늘도 나는 앉아 있고

휠체어는 저 혼자 마당으로 굴러가는 아침입니다

지난밤 별 하나

돌아올, 돌아오지 않는 ─ 호주 시드니의 김오와 함께

레몬으로 떨어져 마당에 구르는 아침입니다

—「마당」전문

1930년대 후반 북간도에서 서울로 유학 온 윤동주가 밤하늘의 별을 보며 고향을 그리워했듯이, 그로부터 50년 뒤 김오는 이민 간 호주의 집 마당에서 하늘을 보며 고향을 그리워하고 있다. 시인이 마당에서 하늘을 보는 것은 그리움 때문이다. 하늘은 그리움의 대상이자 그 자체로 '그리움'이 된다. 하늘에 나타나는 별이나 별자리 모두가 그리움의 실체가 되어 마당에 서 있는 시인의 마음 안에 들어찬다. 이때부터 시인의 마음과 하늘의 별이 모두 마당으로 모여들어 어우러진다. 마당은 어느새 시인의 마음을 대신하는 구체적 실제이자 상징적 의미로서의 공간이 된다. 하늘의 별과 마당의 꽃이, 그리움과 그리움의 대상이 모두 하나로 혼연일체가 된 곳, 그곳이 김오의 '마당'이다. 이후 김오의 시는 어쩌면 이 '마당'에 대한 무수한 되풀이인지도 모른다(라고 많은 문우들이 그런단다). 이 덕에 "안개 깊어/ 별 하나 보이지 않는 밤/ 마당에 나와 보니/ 나무와 풀, 꽃에/ 잔뜩 별들이 매달려 있다/ 이제야 별이 떠오른다는 말을 알았다"(「잔뜩」전문) 같은 아름다운 시편들도 탄생했다.

김오는 이「마당」당선을 계기로 1994년 모국 문단의 '시힘' 동인지에 시를 발표했다. 재외동포 문인으로서는 좋은 발판이 되었을 법한데 아쉽게도 이로부터 더 나아가지 못한다. 눈앞에 닥쳐온 노동 때문이다. 그리고 10여년 뒤 첫 시집 『캥거루의 집』까지 꽤 오래 노동으로 살면서 시를 '앓는다'.

3. 이민의 시학

김오의 시는 이민자의 시다. 1세대 이민자 시인의 시에 나타나는 전형적인 면모를 띤다. 그 면모의 첫머리는 당연히 향수의 정서가 자리한다. 고향이 있고 부모형제가 있고 유년이 있다. 두번째 면모는 뿌리내리지 못하는 삶의 정서가 자리하는데 그것은 때로 구체적 일상으로 때로 정서적 상태로 이미지를 형성한다.

시드니 어밍턴 마당
옆집에서 얻어 심은 어린 버즘나무
작은 잎들을 뽑아대던 여름이 가고
겨울 맨가지로 떠는 게 안쓰러워
자꾸 눈이 가는데
'잎을 떨궈야 굵어지는 거다'
아버지 빨래를 널다 말고 한 말씀 하신다
　　　　　　　　　　　　　　　—「굵어진 편지」에서

시드니
가을비 보냈더니
꽃비 화사한 서울의 봄이 왔다

팜비치
지는 해 보냈더니
먼동 트는 정동진 파도가 밀려왔다

외로움
잔뜩 담아 보내면
행복 터지는 가슴이 찾아오려나

궁금해
이스트우드 버즘나무
가지 속으로 봄비가 내린다

—「스마트폰」전문

위 두 편 시는 고향을 그리워하는 이민자의 정서를 그대로 반
영하고 있다. '시드니 가을비'는 '서울의 꽃비'와 대비되고, 어느
새 맨가지가 된 버즘나무를 보고 있으면 빨래 널며 하시던 아버
지의 '한 말씀'이 절로 떠오른다. 그리움이 큰 사람은 무엇을 보

건 그리운 추억을 불러내게 마련이다. 이때 '지금의 나'에게서 어떤 매개물이 작동해 '추억속의 나'가 불려오면서 정서적 변주가 일어난다. 시적 미학은 이 변주에서 얻어진다. 이를 거꾸로 말하면 시인은 그리움이라는 정서를 적절한 시적 매개를 통해 하나의 상을 만들어 환기함으로써 독자의 동감을 이끌어낸다. 김오는 이런 동감의 세계를 잘 펼쳐보이는 이민자 시인 중 하나다.

보복하듯
뒤짐을 당해 끌려가는 새들
새벽 어두운 거리는
새들의 눈물을 가리고 있지만
서울의 눈물은 저 먼 바다를 어떻게 건너와
여기서 울고 있는 것인가
푸륵대는 사내의 무릎에 떨어지고 있는가

—「겨울 시드니」에서

ＡＢＣＤ가
뒤죽박죽 개밥죽으로
쏟어져들어와
엎질러지고
더러 땅에 떨어져 사라진다

잘 생긴 놈

골라 담는 일은

어디서나 어렵다

순간 몇 개 뾰족한 놈들이 찌른다

What are you doing?

고개들 사이도 없이

반반한 놈 몇을

입술에 매어달려고 정신 사납다

아—이—두

더 힘차게 찌르며 달려드는

키-임 What are you doing now?

—「풍속도 −이민일기 1988」 전문

　이민자들은 한편, 이민의 현장에서 겪는 고통이 남다르다. 그것은 이민생활에 적응하는 과정에서 실제로 일어나는 현실적 고통, 이를테면 경제 · 인식 · 인종 · 언어 등에 관련된 어떤 것들이기도 하고 그러한 체험에 연계되는 정서적 움직임이기도 하다. 위 시들은 현실 체험에서 전형적인 이미지를 찾아 그것을 정서화하는 데 성공했다. 「겨울 시드니」의 '사내'는 서울에서 온 이민자로 겨울 오는 새벽에 '똥차'를 몰고 일을 하러 간다. 그 일이 사

　　　　　　시인은 지구에서 어떻게 숨 쉬는가

내에게는 여전히 낯설고 힘들다. 게다가 '알고 싶지 않은 과거'도 사내를 따라붙는다. 사내는 자주 새벽을 낯설어하는 새들처럼 푸르대며 운다. 그 사내는 「풍속도 −이민일기 1988」의 화자처럼 날마다 스스로를 뼈아프게 하는 질문에 시달린다. "What are you doing now?" 지금 뭐하고 있느냐? 거기서 그것을 하면서 살아야 하는 사내에게 그 질문만큼 괴로운 게 있으랴. 사내의 심정은 김오의 마음과 같다. 김오는 그렇듯 자신을 그곳에 살 수 없는 사람으로 만들고 있지만 아직 못 돌아오고 있다.

4. 이민문학, 바위에 고이는 물

호주는 오래도록 백호주의를 펼쳐 특히 동양인들의 유입을 막았다. 그러다 1973년 이를 철폐하면서 적극적인 동양인 이주자들을 만나게 됐다. 한인들의 호주 이민도 이때부터 활발해졌다. 2000년대 초반 잠시 이민을 제한하기도 했으나 다시 이를 풀어 이민자가 크게 늘게 되었다. 2018년 현재 호주 사는 한인 숫자는 18만 명을 넘긴 것으로 파악된다. 이중 시드니가 속한 뉴사우스 웨일즈 지역에서 반 이상 살고 있다. 스트라스필드, 이스트우드, 채스트우드, 캠시 등에는 한인타운이 형성돼 있다. 거기서 한국말, 한국음식으로 살아도 잘 산다. 거기서 모국어로 마음을 표

돌아올, 돌아오지 않는 − 호주 시드니의 김오와 함께

시의 소재가 된 진열대 고등어 - 플레밍턴 시장에서

현하려는 욕구들이 무리를 짓고 있다.

재외동포들의 문학은 두 가지 형태로 진행된다. 하나는 그 나라의 주류언어로 창작하는 것, 또 하나는 모국을 떠날 때 언어 그대로 창작하는 것. 호주에서 주류언어 한인 문학인을 대표하는 인물은 돈오 김(1936~2013. Don'o Kim. 한국명 김동호)이다. 『내 이름은 티안』『암호』『차이나맨』『태극』 등 장편소설로 주류문단에서 각광받은 소설가다. 재미동포 작가로 견주면『순교자』로 영어권에서 대단한 화제를 모은 김은국(1932~2009. Richard Kim) 같은 급이다. 한데 미국에는 이후 차학경(Theresa Hak Kyung Cha, 1951~1982), 이창래(Chang-Rae Lee. 1965~) 등에 이르기까지 굵직한 한국계 주류문학가들이 이어지고 있으나 호주는 사정이 여의치 않다.

상대적으로 모국어 문학활동은 날로 성장중이다. 1993년부터 몇 개의 문인단체가 생겨났다. 그 무렵 시드니 가 있던 모국 시인 박철의 자극으로 『호주한인문학』 같은 문예지도 탄생했다. 돈오 김을 통해 한국문학을 호주문단에 연계하는 역할도 했다. 그러다 단체가 둘로 나눠지기도 했고 다른 단체가 생겨나기도 했다. 한동안, 김오에게는 시를 쓰지 못하는 나날이 이어졌고, 한인문단도 늘어나는 습작생에 비해 그들을 제대로 인도하는 방법을 잃고 있었다.

— 습작생들이나 그들을 인도하는 선배 문인들이나 모두 어렵

플레밍턴 시장 모습

돌아올, 돌아오지 않는 — 호주 시드니의 김오와 함께

게들 지탱하고 있는 거다. 비가 오는데 물은 고이지 않는 것과 같다. 물이 고이려면 넓은 데가 있어야 한다. 우리들은 바위 같은 데 비를 퍼부어 비가 고이기를 기대해 온 것이나 다름없다.

이민자들은 대개 모국과 현지 두 곳 모두의 인문적 자양을 공급받지 못한다. 모국은 멀고 현지와는 언어소통이 안 된다. 인터넷이나 스마트폰으로 전해 받는 것은 한계가 있다. 현지인들과의 문화적 이질감도 문제다. 호주는 미국이나 캐나다 등 다른 영미권 국가와는 달리 이주자들을 대하는 태도가 도무지 우호적이지 않다. 요즘 중국인들의 대거 유입으로 조금 나아진 듯도 하지만 도리어 더 경계하는 눈빛도 보인다.

— 한국문단의 보수성도 얘기하지 않을 수 없다. 등단 여부를 심하게 따지고 등단 지면도 문제 삼는다. 호주 한인들은 방법을 모르니까 한국의 주류문단에서는 잘 모르는 잡지에 등단하는 예가 많다. 솔직히 말하면 누군가 나쁜 길로 인도한 것이다. 그런데 나중에 그게 족쇄가 되더라. 나도 한 잡지에 신인상으로 뽑혔지만 나중에 이 이력이 도리어 방해가 된다는 걸 알고 이 사실을 드러내지 않고 지낸다.

문학이란 것 자체가 힘든 것이고 모국에서 문학하는 사람들 또한 무수한 벽에 부딪치고 있으니 '재외동포 문학'이 겪는 고통까지 굳이 알 필요가 있을까, 하는 사이 모국어의 세상에 알려질 기회도 없이 사라져 가는 모국어문학이 바로 재외동포의 것이다. 스스로 세우지 않으면 금세 소멸될 문학이다. 바로 그렇기 때문에 그 문학은 값진 것이다. 이 무한한 역설 위에 그들의 문학, 김오의 시가 있다.

― 그동안 한인타운이 있는 곳에 한두 개씩 문학단체들이 생겨났다. 그러나 발표지면도 없고 한국의 중심은 멀리 있어서 뚜렷하게 목표삼는 문학이 눈앞에 없다보니 대부분 인간적인 교류를 중시하는 친목단체로 유지되고 있다. 이걸 탈피해야겠다 싶어 2010년부터 뜻 맞는 문우들이 모여 '문학동인 캥거루'를 조직했다. 처음에는 시합평회로 시작했고 2012년 수필이 보태져 각각으로 모임을 갖는다. 2012년 당시 3년 뒤에 회원 개인별 작품집을 동시에 내자는 원대한 실험도 해서 실제로 3년 뒤 시집 1권, 수필집 6권이 나왔다. 『호주동아일보』를 이은 『한호일보』 신년문예나 재외동포재단에서 주최하는 문학상 같은 데 당선하는 회원들이 이어지고 있다. 국내의 명성 있는 지면에 등단하는 일도 늘어나고 있다.

김오의 시는 호주 이민자 문학인들과 함께 다시 살아났다. 첫 시집『캥거루의 집』을 낸 것이 2005년인데 올해 2시집『플레밍 턴 고등어』를 냈다. 첫 시집이 초보자의 '거친 숨결'이라면 이번 시집은 숙련공의 '느긋한 아픔'이다. 거기 이민의 삶이 놓여 있는데 실은 김오 시를 단순한 이민자의 시 이상으로 만드는 게 따로 있다.

> 뿌리를 박고 사는
> 사랑받는 나무가 아닌
> 풀은 땅을 기어야 한다
> 고개를 들면 뿌리째 뽑힌다
> 그래도 꼿꼿이 서는 풀들이 있다
>
> —「풀잎」에서

시인은 그곳에 살되 거기에 뿌리박을 수 없는 나무로 살고 있다. 그렇게 살면 뿌리째 뽑히기 마련인데 "그래도 꼿꼿이 서는 풀"로 서 있는 것이다. 김오는 이민지에서 살고 있으되 돌아올 꿈을 버리지 않고 있다. 그런데 돌아올 수 없는 현실에 부닥쳐 또 살아낸다. 돌아올, 돌아오지 않는 그 자리의 긴장이 김오 시를 더욱 시답게 한다.

*

2017년부터 겨울이면 이승하 시인과 함께 시드니를 방문해 한인들에게 문학강의를 해왔다. 그 교량 역할을 한 김오와 처음 만나게 됐고 현지에 가서도 여러 차례 만나 이런저런 얘기를 나누어오는 중이다. 2018년 6월 두 번째 시집 『플레밍턴 고등어』를 발간한 것으로 교보문고 수요낭독공감에 초대돼 낭독회에 온 김오 시인을 인터뷰했고 그걸 2018년 『문학에스프리』 겨울호에 수록했는데, 주요한 정보를 잘못 기재하는 바람에 서둘러 고쳐 같은해 『문학과비평』 겨울호에 실었다. 이후 김오는 두 번 이사를 했고, 오랜 노동에서 오는 후유증으로 육체적인 일을 조금 줄였다. 코로나19로 다들 힘겨워하고 있지만 김오에게는 그것이 그리 특별하게 느껴지지 않는 듯하다. 돌아올, 돌아오지 않는 그 현장에 여전히 김오는 있다.

— 형광옷을 입은 사람들의 일상은 변하지 않는다. 풀잎들의 삶은 바뀌는 것이 없다. 지금 하루를 견디어내고 있는 것이 중요한 때에 앞으로 변하게 될 삶의 걱정에 에너지를 쏟을 겨를이 없는 것이다. 대비라는 것은 갖고 있거나 곧 갖출 수 있는 여건이 될 사람들의 이야기일 뿐이다. 코로나가 아무리 창궐해도 또 백신이 나오고 치료제가 나와도 마찬가지다.

몸과 몸이 부딪치는 현장에서 살아온 사람들에게는 그 현장이 삶이고 곧 철학이다. 코로나19라 해서 그 철학이 변할 수 있을 것인가. 아니, 그 철학은 김오 같은 사람에게서 더욱 공고해질 수 있다. 실시간 메신저로 여러 차례 수정하면서 전해주는 김오의 말은 쉽게 마디를 나눌 수 없었다. 그건 주로 냉혹한 현실비판으로 들렸지만 때때로 머리를 때리고 가슴을 후비는 잠언처럼 들리기도 했다.

— 앞으로의 세상은 코로나 이전과 이후로 나뉠 것이라는 말을 종종 듣는다. 그러나 과연 그럴까. 나라가 바뀌거나 전쟁이 터졌을 때를 보아도 마찬가지다. 바뀌는 것은 없었다. 가졌거나 가질 수 있는 사람들이 대비하지 못해 잃었다는 것이지 원래 풀잎 같은 사람들은 언제나 최전방에 서서 바람 부는 대로 나부낄 뿐이었다. 안온한 아파트에 앉아 택배로 물건을 사며 몇 년 아니 몇십 년을 코로나가 창궐해도 버틸 수 있는 사람들이 아니기에 오늘도 뉴스를 들으며 사회적 거리두기 1.5m를 지킬 수 없는 곳을 향해 가는 사람들이 있다. 재택근무라는 말을 꿈처럼 들으며 기차나 버스를 타고 출근한다. 몸 부딪혀 물건을 사고파는 시장으로 간다. 사망한 사람들이 백만 명이 넘어섰고 오늘도 확진자들이 쏟아져 나와 위급을 알리는 사이렌 소리가 들려오지만 그것과 아무 상관이 없는 사람들이 있는 것이다.

— 은행을 비롯한 대부분의 재택근무가 주어진 사람들이 일감이 더 늘어났다며 불평을 늘어놓지만 출퇴근 시간이 없어졌다는 일은 얼마나 근사한 일인가. 설 자리를 잃게 될 사람들 또한 많겠지만 아직은 앞으로 변모될 세상 줌 네트워크를 연습하는 중이다. 그러나 재택근무에서 배제되어 코로나와 맞닥뜨리고 사는 사람들은 그런 것이 무엇인지도 모른다.

— 하늘의 혜택은 하늘에 가까운 나무들이 받는다. 따뜻한 볕을 받기 위해 나무 밑에 있는 풀들이 애써 가느다란 손들을 흔들지만 햇빛이 나무 밑까지 오기에는 너무 멀다. 초록 옷을 입고 정지된 길을 가는 사람들이 올려다보는 것은 그저 맨 아래 가지 끝이파리 흔들림일 뿐이다. 그들은 거기서 떨어지는 작은 빛 부스러기를 얻기 위해 갈수록 적막해지는 집을 나설 뿐이다. 나설 때는 혼자인데 큰 길로 나가면 몇몇 새벽에 흔들리는 빛이 보인다. 같이 가는 사람들이 있다는 것을 보이지 않는 눈짓으로 확인하고 그나마 위안 받으며 셧다운으로 정지된 거리를 간다.

— 밤이 깊으면 반디들은 도시의 불빛에 밀려 더 깊은 숲의 어둠속으로 간다. 이 코로나가 끝나고 세상의 불빛이 다시 빛나기 시작하면 더 깊은 골목 어둠 그 속으로 몸을 우겨넣어야 하는 사람들이 이 정지된 길을 간다. 힘없는 이들을 보호하고 안전을 지

　　돌아올, 돌아오지 않는 ― 호주 시드니의 김오와 함께

켜준다는 뜻이 아니라 사고 후 처리의 불편과 금전적 손해를 막기 위해 입혀준 초록 옷의 형광빛을 뿌리며 새벽길을 가는 것이다. 코로나19의 손길을 더듬듯이 뿌리치면서.

그렇다, 나는 드디어 소유의 본질에
다다른 자다. 한 번의 입맞춤에 흠뻑 젖어
나가떨어지는 시퍼런 물거품이다.
— 임혜신, 「작은 거북섬」에서

임혜신 1959년 청주에서 태어났다. 충북대 국어교육과를 졸업하고 교사생활을 짧게 하다 1984년 미국으로 건너가 플로리다 주립대 전자공학과를 졸업했다. 1995년 미국의 모국문학 전문지에 처음 시를 발표하고 2001년 시집 『환각의 숲』(2001)을 냈다. 월간 『현대시』에 2년간 미국 현대시를 번역 소개하는 연재를 맡았고, 이어 『해외문학』에 10회 동안 같은 연재를 해 2005년 『임혜신이 읽어 주는 오늘의 미국 현대시』를 냈다. 2009년 미주시인상, 2010년 해외문학대상 을 받았다. 현재 미국 플로리다에서 세무사로 일하면서 7년째 『미주 한국일보』 에 '이 아침의 시' 칼럼을 통해 미국 현대시를 번역 소개해왔다.

불모의 땅에서 문학을 한다는 것
— 미국 플로리다 주의 임혜신과 만나기

1. 무모한 사랑이 낳는 것

임혜신은 국내 지면에서 자주 볼 수 있는 시인이 아니다. 보스턴을 거쳐 미국에서도 한인이 많지 않은 플로리다 주에서 산 지 30년을 훌쩍 넘었다. 국내 유수의 출판사에서 시집(『환각의 숲』, 한국문연, 2001)을 발간하고 영시 해설집 『임혜신이 읽어주는 오늘의 미국 현대시』(바보새, 2005)를 발간해 주목받는 일이 있기는 했으나 대개 해외동포 문단을 중심으로 활동하고 있다. 이렇듯 외떨어져 사는 시인, 직접 대면은커녕 지면에서도 만나기 어려운 임혜신을, 어째서 이 자리로 불러온 것일까.

임혜신은 2019년까지 『미주 한국일보』에 '이 아침의 시' 칼럼을 7년째 맡아왔다. 일주일에 두 차례씩 한 편의 시를 골라 짧은 해설을 곁들인다. 화요일에는 한국시를, 목요일에는 미국시를 신

고 소개하는 것. 일주일에 두 차례라 하지만 이게 빠짐없이 7년
이면 쉬운 일일 수 없다. 한국문학에서 시를 공급해 오는 일도 만
만찮은 것일 터인데, 실은 그보다 더 돋보이는 작업은 미국 현대
시를 골라 우리말로 번역해 해설을 얹어 소개하는 일이다. 경험
하는 일이겠지만, 문학작품 번역은 참으로 예사롭지 않다. 국내
에 알려진 세계명시가 많은데 그중 많은 것들은 사실 제대로 된
번역으로라기보다 그 명성에 덧붙여지는 곁가지 정보와 더불어
인 경우가 결코 적지 않다. 임혜신의 번역은 어떤가 하면 아직은
세계명시가 아닌 것에서 참신한 시편을 찾아내거니와 그 번역이
특별하다. 관습적인 번역투가 말끔히 씻겨 있고, 의미 전달이 분
명하면서도 시의 맛이 말끝까지 살아있다. 우선, 2015년 9월 15
일『미주 한국일보』에 소개한 시 한 편으로 그 맛을 보자.

　　살면서 한두 번쯤 사람들은

　　대양이라도 헤엄쳐 갈 만큼 누군가를 사랑하지.

　　사랑에 빠지지 않은 모든 이들을 불쌍히 여기며

　　멋지게 팔을 저어 그녀에게로 다가갈 때면

　　"너 대체 왜 그러는 거야?" 친구들은 의아해하지.

　　그러나 장애물은 오직, 저 푸른 태평양뿐—

　　당신의 태양이 지는 그곳.

　　아침이 오면 그녀는 옷을 입지.

새벽이 저 멀리까지 열리면

당신의 도시에 노래 소리 크게 퍼지고

그녀는 블라인드를 두르고 화장을 지우지.

당신이 만일 개츠비라면 태즈매니아 해안에

맨션을 짓고 그녀를 유혹하기 위한

파티를 열겠지. 비록 개츠비는 아니지만

이 세상에 불가능한 것은

그녀 없이 산다는 일뿐이라서, 그래서

당신은 헤엄을 치지

이 시는 더글러스 괴체(Douglas Goetsch, 1963~)의 「뉴질랜드까지 헤엄치기(Swimming to New Zealand)」 전문이다. 미국과 태평양을 사이에 둔 뉴질랜드나 호주 태즈매니아와의 지리적 거리감 또는 그 지명의 이색적인 느낌, 스콧 피츠제럴드의 『위대한 개츠비(The Great Gatsby)』의 주인공 개츠비 스토리 등이 제공하는 대중문화적 취향 등에서 이 시는 이미 제법 글로벌화된 우리 감각에 와 닿는다. 게다가 인생의 한때 누구에게나 광풍처럼 찾아드는 사랑의 감정을 일상에서 표현하는 일에 거부감이 사라진 이즈음 세태에도 잘 부응한다. 괴체는 한국에 알려질 정도의 '세계적인 시인'이 아직 아니다. 임혜신은 바로 이런 시를 "이 세상에 불가능한 것은/ 그녀 없이 산다는 일뿐"이라는 절묘한 반어로 번역한다.

이 시를 소개하면서 붙인 해설은 다음과 같다.

'위대한 개츠비'라는 소설이 떠오른다. 새벽이 오면 화장을 지우는 그녀는 밤새도록 파티를 즐기고 난 데이지이다. 데이지가 그토록 사랑할 만한 여자인가 아닌가에 대해 사람들은 논하기도 한다. 그러나 소설의 관점은 사랑이지 데이지가 아니다. 이 시의 관점도 그렇다. 사랑이란 거대한 대양에 맨몸으로 뛰어드는 사람들, 형광빛 작은 생명이 산다는 태즈매니아 해안을 향해 천의 위험을 숨긴 사랑의 바다를 헤엄쳐가고 있는 그들, 그녀 없이 살 수 없는 무모하고도 용감한 개츠비들을 위한 짧은 헌사일 뿐인 것이다.

우리는 한때 누군가를 미치도록 사랑하며 그 사랑을 자신의 죽음과도 맞바꾸겠다 생각한 적이 있다. 그런데 과연, 그 사랑은 그 대상을 위한 것일까 아니면 사랑 자체를 위한 것일까. 임혜신은 '개츠비 스토리의 관점이 사랑에 있지 사랑의 대상인 데이지에 있는 게 아니다'라고 해석했다. 사랑하는 대상이 문제가 아니라 사랑하는 자신이 문제되는 사랑. 그것은 그만큼 무모하다는 것이고, 무모한 만큼 크고 또 큰 만큼 일시적일 수밖에 없다는 뜻이기도 하다. 하지만 그런 것 없는 인간에게 인간으로서의 매력이 있을 것인가! 그래서 그것은 더욱 아름다울 수 있는 것! 시는 인간

비숑 프리세(Bichon Frise) 종 강아지 토토(16세)와 함께

의 삶이 어쩌면 이처럼 '간절한 일시성'들로 연속된다는 사실을 '오늘의 언어'로 '간략하게' 알려주는 표현일지도 모르겠다. 임혜신은 이렇듯 미국 시에서 동시대 살아있는 언어감각을 찾아내 주 1회 미주의 한인사회에 내놓았다.

미국에서 한인동포들만 보는 신문에, 알려지지 않은 미국 현대시를 번역해 싣는 정성을 누가 알까. 그런데 이 무모함이 쌓이고 쌓여 7년, 그러다 보니 그 일이 미국을 드나드는 사람들 눈에 들기 시작해 이제 모국에서도 자연스레 유포되는 중이다. 이런 점이 이 자리에 임혜신을 불러내게 한 첫째 이유다.

2. 숲속 짐승의 긴박한 소리를 들으며

임혜신이 살고 있는 주에는 한인들이 많이 살지 않는다. IT 시대라 해도 신문, 책, 음식, 노래, 영화 등 한국의 내로라하는 것들은 그곳에 유입되는 양도 적고 속도도 느리다. 이민 생활 36년. 한국인으로서 가족을 이루어 살았지만 주로 현지인과 어울려 지냈고, 지금 직업이 세무사라면 문학, 그것도 모국어문학을 할 조건으로는 썩 합당하지 않다.

― 어릴 때 과학자를 꿈꾸기도 했지만 사춘기 때 '인간이란 무엇인가'에 대한 회의가 생기면서 문학으로 방향이 바뀌었다. 국어교육과를 다니면서 문학동아리에 나가 창작수업을 했다. 당시 문학평론가 김재홍 선생이 지도교수, 이후 한국 문단의 중심에 서는 도종환, 정한용 시인, 정효구 평론가 등이 미등단 선배였다. 졸업하고 파주와 문산에서 잠깐씩 교사생활을 했다. 육체노동이 아름답고 순수하다고 생각했다. 그것은 당시의 젊은이들을 지배했던 뜨거운 환상이기도 했다. 시대는 암울했고 나 또한 수많은 그들처럼 사회체제와 쉽게 화합할 수가 없었다. 밟고 설 땅을 잃은 나의 시는 더욱 공허해지고 있을 뿐이었다. 나는 시적 욕망과 시의 가치에 의문을 던졌고 문학을 떠나 다른 것을 살고 싶었다.

시인은 지구에서 어떻게 숨 쉬는가

― 1984년 미국에 와서 UF(유니버시티 플로리다) 전자공학과를 다녔다. 한국에서 학부 졸업을 했으므로 교양학부는 학점인정을 받지만 나는 신입생처럼 교양학부부터 듣고 싶은 많은 과목들을 들었다. 역사와 영작, 심리학 그리고 드로잉과 판화, 도자기까지. 다시 문학을 할 생각은 없었다. 하지만 문학에 대한 뜻은 변함없이 무의식 속에 간직되어 있었던 것 같다. 수학을 잘하는 편이어서 공학 공부가 힘들지는 않았다. Co-op으로 격학기로 일하던 United Technology에서 졸업 프로젝트를 Support해주어서 졸업생 중 유일하게 High Honor를 받고 졸업했다.

― 도미 후 한동안 한국어로 말을 했지만 종이에 쓰지는 않았다. 그동안 나는 문학 아닌 그 무엇을 찾아 헤맸고, 문학으로부터 멀어진 것이 편했다. 공학공부와 미국 생활은 아주 친밀했던 그 무엇과 멀어지기 참 좋은, 자유로운 황야였다. 내 이름을 한글로 쓰는 것조차 어색했을 무렵 문학을 다시 잡은 것은 도미한 지 10년 만이었다. 기억 속에서 사라진 줄 알았던 것들이 하나둘 언어로 되찾아지는 것은 정말 신기했다. 그리고 그때 나는 처음처럼 모국어를 다시 만났다. 나를 거부하지 않는 순한 시적 황야, 그 생명으로 가득한 고독의 섬을 다시 보게 것이다. 그 섬은 언제나 거기 있었지만 그것을 만나기 위해서 세월이라는, 혹은 결별이라는 항해가 필요했던 게 아닐까 싶다. 그때 나는 언어는 살면서 얻

어지는 것이 아니라 가지고 태어난다는 생각을 했다. 삶은 다만 그것을 캐어내기도 하고 덮어버리기도 할 뿐이다.

왕년에 시를 좀 썼다 하더라도 언어도 다르고 문화도 다른 지역에 가서 10여년 살다가 옛 언어를 되찾아 시를 쓰는 것이 결코 쉽지 않았을 것이다. 더구나 시는 언어의 숙련 없이는 불가능한 것이고 그 숙련을 위해서는 숙련공들이 해놓은 작업을 가까이에서 자주 접해야 조금이라도 손쉬울 것이다. 그러나 임혜신에게는 스스로의 숙련기간도 없었고 그런 숙련된 선배들의 작업을 자주 볼 수 있는 환경이 아니었다. 이런 불모에서 임혜신은 어느날 문학을 다시 찾았다. 그러니까 임혜신의 시는 불모에서 자라기 시작했다고 할 수 있을 것 같다.

― 시는 세상 어디에나 찾아온다. 시가 블루칼라의 예술이며 불모의 예술인 때문이다. 빈부, 나이 직업 교육, 다 상관이 없다. 시는 그야말로 연필과 종이와 시적 영혼의 순간, 그것이면 된다. 감옥에서도 써지고 공장에서도 써지고 시장에서도 써진다. 사실 노동자는 시간이 없다. 아픈 자, 슬픈 자, 소외된 자, 버려진 자는 다 시간이 없다. 사는 일에 힘들어서 문학을 할 시간도 누릴 시간도 없다. 세상이 못마땅해서 뒤엎고 싶어도 혁명을 꿈꿀 시간도 없다. 그러나 거기 아주 빛나는 생명의 어떤 진수가 있다.

나는 그 낮고 깊은 목소리가 좋아서 시의 곁에 있는지 모른다. 그 무엇이 지극히 부족하여 짧고 강인해진 존재의 기록인 그런 시를 믿고 '써진' 시보다 '써지지 않은' 시를 더 믿는다. 아마 '써지지 않은' 문학을 믿지 않는 그 누구도 새 것을 써낼 수 없을 것이라고 본다.

당연한 일인지 모르지만 유일한 시집 『환각의 숲』에 드러난 임혜신 시에는 '한국적 현실'이라는 배경이 놓여 있지 않다. 자본의 폭력에 대한 저항, 전통이 파괴되는 현장, 대중문화에 침윤된 감각 같은 동세대의 문화적 이미지나, 자연에 감정을 쉽게 이입하거나 대상을 다의적으로 은유화하는 한국시의 오래된 창작적 관습 같은 것이 거의 느껴지지 않는다. 대신 일상 현실이나 내적 관념 등을 그 자체가 지니는 본원적 의미대로 읽어내려는 태도로써 일정한 가치를 지속적으로 내재한다는 특징을 보인다.

그 사람 햇빛을 사랑했지요. 〔……〕 그렇지요 그곳은 가장 개인적인 그러므로 가장 순결한 장소, 추억이 벌레처럼 끓는 제 영혼에 총을 겨눈 아침의 고요, 이상한 일이지요, 그때 우린 모두 시작을 보았으니까요, 대지를 커다란 꽃잎처럼 열고 아주 아름답고 슬픈 소리로 태어나는 햇살의 강을 보았으니까요.

—「아침 강」에서

임혜신의 언어는 오염된 세상을 통과해 본원의 세계에 가 닿으려 하는 시적 자아를 중심에 둔다. 그 자아는 "추억이 벌레처럼 제 영혼에 총을 겨"누는 과정을 겪기는 하지만 곧 "대지를 커다란 꽃잎처럼 열고 아주 아름답고 슬픈 소리로 태어나는 햇살의 강"에 이르는 여정을 기꺼이 수행한다.

벗을 아십니까?
텅 빈 어둠을 떠다니던
씨방 속의 꽃
안개를 품은 햇살처럼 깨어나는
첫새벽을 아십니까?
—「라벤다 향기는 바람에 날리고」에서

열어봐, 드디어 만져질지 모를
그대
은밀한 슬픔들을 내게.
—「해묵은 씨앗들을 위하여」에서

붉은 빛 속으로 사라지는 사람
피로한 비밀을 밟고 선 나는
누구란 말인가.

순백의 발 싸늘하게 덮어주는

더 깊은 비밀일 수 없다면……

—「붉은 신호등」에서

그렇다, 나는 드디어 소유의 본질에 다다른 자다. 한 번의 입맞춤에 흠뻑 젖어 나가떨어지는 시퍼런 물거품이다. 비록 이것이 착각일지언정 수 수 수 억 분의 일 생명의 자유를 한껏 누리는 멋지다면 멋진 운명이다. 삶이다. 그러니…… 행여 나를 개발하지 마라.

—「작은 거북섬」에서

임혜신 시의 공간적 종착지는 대개 "안개를 품은 햇살처럼 깨어나는 첫새벽"과 같은 '처음'에 있다. 그곳은 "여느 욕망에도 매달리지 않"(「하얀 난」)지만, 그 사이 너무 오래 됐거나 다른 관념들이 무수히 얹어져서 이제 절로 은밀하고 비밀스러워져 있기도 하다. 때로는 온전히 찾아지지 않기 때문에 때로는 '환각'의 힘으로 "쓰러진 희망을 다시 살려"내야 하는 곳(「환각의 숲」)이기도 하다. '시퍼런 물거품'처럼 '생명의 자유를 한껏 누리는 운명'의 종착지이다. 그곳은 관념적 언어로 표현하면 "소유의 본질"에 해당한다.

임혜신의 시는 이렇듯 '본질을 향한 편애의 여정'이라 할 수 있다. 한국시사에서 이런 유의 '본질에 대한 편애'를 시와 시론으

근년의 임혜신

로 끝까지 밀고간 시인은 '무의미시'의 김춘수다. 김춘수는 '현실의 사물에는 제도와 권력이 규제한 의미가 채색되므로 이것을 걷어내야 사물의 본래 형상과 만날 수 있다'는 논리를 시와 시론으로 펼쳐나갔다. 이때 문제된 것이 언어다. 김춘수는 언어 자체에 이미 현실의 관념이 개입되어 있으므로 언어에서 관념을 제거하는 일을 시의 전제이자 본질로 삼았다. 언어에서 관념을 제거해 남은 언어를 형상화하는 것이 김춘수의 무의미시의 과정이자 방향이었다.

임혜신은 언어 자체를 문제 삼지는 않는다. 따라서 사물의 본질을 가리거나 오염시킨 것들을 제거하는 과정 자체보다는 문명의 성취나 세속의 욕망을 걷어내고 다가가 이르는 대상을 더 문제 삼는다. 이점에서 임혜신의 시는 "나의 가장 나중 지닌" 명칭

시인은 지구에서 어떻게 숨 쉬는가

한 것을 '눈물 한 방울'로 집약한 「눈물」의 시인 김현승을 닮았다. 이는 '오염된 세상에서 오염된 언어로 정제된 세상을 지향하는 우리 시대 문학 언어'와는 거리가 멀다. 그것은 마치 혼탁한 세태를 경험해 본 적이 없는 소녀의 소박하되 순결한 꿈과 같은 세계다. 이점이 임혜신을 이 자리로 불러낸 두 번째 이유다.

> 나의 방은 작은 숲을 향해 나 있다. 지난밤 어두운 숲속에서 위험에 처한 짐승의 긴박한 소리가 들려왔다. 〔……〕 나는 손을 내밀어 숲으로 떨어지는 빛과 그늘과 향기를 만져본다. 비명이 지나간 자리는 어느새 막 터지려는 꽃봉오리처럼 부풀어 오르고 있다. 〔……〕 이 아름답고 난해한 시의 숲을 지나서 나는 밖으로 갈 뿐이다.
>
> ─『환각의 숲』 '시인의 말'에서

이 세상이 혼탁해 있다 해서 인간을 둘러싼 모든 것이 그럴 수는 없다. 세상이 혼탁해도 새로운 것은 언제나 생겨나는 법이다. 태어나는 생명이 그렇고 나무가 그렇고 숲이 그렇다. 임혜신의 시는 우리가 때 묻지 않았을 때 꿈꾸던 그대로의 꿈을 향하고 그 꿈속에서 그것들과 소통한다. "숲속에서 위험에 처한 짐승의 긴박한 소리"를 듣고 그곳으로 간다. 그 소통이 아연 새롭다.

3. 일상의 군더더기를 줄이고 만나는 세계

플로리다 주는 미국의 동남부 끝 멕시코 만과 북대서양 사이의 반도를 점유하고 있다. 아열대 기후로 겨울에도 기온이 영하로 떨어지지 않고, 대서양 쪽의 기나긴 해변이 남북으로 길게 이어져 있어 '마이애미비치' 등 휴양지로 소문난 곳이 꽤 있다. 호수도 많다. 자연을 즐기며 살기 좋은 곳. 그래서 노인들도 많이 살고 있다. 주민들도 대체로 느긋하다.

임혜신이 사는 곳은 플로리다 주 북쪽 해안의 잭슨빌(Jacksonville)이라는 도시다. 인구 백만 가량, 한인 동포는 2천 명 남짓. 도심에서 10km 거리에 북 플로리다 주립대학교(University of North Florida)의 주 캠퍼스가 있는데 여기 한국 유학생들이 꽤 늘어났다. 한류의 약진이 이곳에도 일어나 한국 마켓도 두 곳, 한국 음식점도 여럿 생겨나 있다. 새로 생긴 한국식 치킨집 등도 인기란다.

— 잭슨빌을 흐르는 세인 존스 강 남쪽의 사우스 사이드(Southside)에 집이 있다. 전에 오래 살던 집은 별이 뜨고 지는 것을 다 볼 수 있는 호숫가의 무척이나 시적인 집이어서 찾아오는 친구들도 참 좋아했지만 관리가 힘들어서 지금은 편리한 콘도로 옮겨 살고 있다. 사람들과 그들의 이야기가 조금 더 북적거리는

시인은 지구에서 어떻게 숨 쉬는가

보다 소설적인 장소라 할 수 있다. 베이메도스(Baymeadows)에 있는 사무실까지는 차로 10분 정도.

— 주 5일 출근한다. 친구나 클라이언트들과의 점심 약속이 없는 날은 도시락을 싸 간다. 오토밀과 야채 샐러드. 올리브 유, 발사믹 식초, 마늘 파우더를 넣은 퓨전 드레싱은 먹어본 사람은 다 좋아하는 레시피다. 거기 연어 조각과 견과류가 곁들여진다. 오후 2~3시에 짧은 산책 한 번 하고 일주일에 두세 번 요가를 한다. 바디 플로워, 필라테스, 태극권 등도 한다. 바쁘다면 바쁘고 단순하다면 아주 단순한 일과다. 휴일에는 종종 승용차로 15분 거리에 있는 해변으로 간다. 가끔씩 모국에서 오는 시집을 읽고, 시를 쓰고, 도서관 등을 활용해 시를 찾고 번역하고…… 그게 전부다.

『미주 한국일보』의 영시 번역을 계기로 임혜신의 시 번역은 국내로 이어져 월간『현대시』에 24회,『해외문학』에 1회 게재가 이루어졌다. 이 25편의 원문과 번역본, 각 편에 붙인 긴 해설을 함께 실은『임혜신이 읽어주는 오늘의 미국 현대시』(2005)가 발간되기도 했다. 25명의 시인 중 연재 당시 작고한 시인은 실비아 플라스(1932~1963)뿐이다. 다음은 이 책 발간 이후 작고한 스텐리 쿠니츠(Stanley Kunitz, 1905~2006)의 시다.

내가 태어나기 몇 달 전

그토록 힘들었던 봄날,

공원에서 자살해버린 아버지를

어머니는 끝내 용서하지 않으셨다.

아버지의 이름을

장롱 가장 깊은 곳에 가두고

어머니는 단 한 번도 꺼내지 않으셨지만

나는 어머니의 깊은 곳에서 두들겨대는

아버지의 주먹질 소리를 들었다.

어느 날, 내가 다락방에서

길쭉한 입과 멋진 콧수염,

깊은 갈색의 평정한 눈빛을 가진

낯선 사람의 초상화를 찾아들고 내려왔을 때

어머니는 아무 말 없이

파스텔 초상화를 갈기갈기 찢었고

내 뺨을 세차게 때리셨다.

이제 내 나이 예순넷

타는 듯, 지금도 나는 그 뺨이

아프다.

— 「초상화(The Portrait)」 전문

이 시는 시인 쿠니츠의 실제 일이 바탕으로 했다고 한다. 쿠니츠가 어머니 태중에 있을 때 아버지가 자살을 한 것. 이 때문에 어머니는 아들의 아버지에 대한 본능적인 그리움마저도 강력히 차단해야 할 만큼 분노의 감정으로 살았을 법하다. 그 강력함이 '뺨'의 '타는 듯'한 감각으로 생생한 데서 이 시의 매력이 한껏 빛난다. 그런데 번역으로 어려웠으리라 짐작되는 것은 바로 이 지점.

She locked his name

in her deepest cabinet

플로리다 주의 대서양 해변 쪽 도시 잭슨빌(Jacksonville)에 있는 자연림 속에서 토토와 함께 산책을 즐기며

불모의 땅에서 문학을 한다는 것 — 미국 플로리다 주의 임혜신과 만나기

and would not let him out,

though I could hear him thumping.

즉, "her deepest cabinet(어머니의 장롱 가장 깊은 곳)"에서 "him thumping(아버지가 두들겨대는)" 소리를 "어머니의 깊은 곳에서 두들겨대는/ 아버지의 주먹질 소리"로 표현하는 '의역'에서 더욱 시다운 묘미를 느끼게 하는 힘이 발휘된 게 아닐까 싶다.

— 시 번역은 시인이 해야 한다는 생각을 한다. 처음부터 신문에 번역시를 소개할 생각은 아니었다. 원래 이전대로 한국시를 소개하는 지면이었다. 그런데 내게는 한국시의 자료가 별로 없어서 시 고를 범위가 좁았다. 그래서 내가 만날 수 있는 미국시를 번역하여 소개하기 시작한 것이다. 시를 원어로 읽다보면 문득 어떤 시들이 가까이 내게 말을 걸어온다. 내게 말을 걸지 않는 시는 소개하지 않는다. 번역하기 힘든 것도 번역하지 않는다. 한 가지 아쉬운 것은, 그날 번역해서 그날 신문에 나가기 때문에 고치고 손보고 할 시간이 없다는 점이다. 신문에 소개하는 거니까 가능하면 20행 내외 길이 정도를 고르게 된다. 오래 하다 보니, 이제 수백 개의 번역시들이 있다. 언젠가 정선하여 일반 독자에게 선보이고 싶다. 미국시도 한국시와 별 다를 게 없다. 사람이 사는 이야기이며 인간영혼의 기록이다.

시인은 지구에서 어떻게 숨 쉬는가

번역을 통해 자신의 언어가 열리는 체험을 임혜신이 정말 하고 있다는 느낌은 『환각의 숲』 이후의 시작에서 확연해진다. 근작시 「은팔찌」, 「사과」 등은 사물의 본래 자리를 찾아가는 순수한 열망이 편애에 그치지 않고 본질에 대한 근원적 질문을 이끄는 단계로 나아간다.

*

　　임혜신은 2018년 가을 당시 대학생이던 딸과 함께 모국을 방문했다. 문학 행사 두 곳에 초대해 만났고, 인터뷰 시간도 두어 차례 따로 가졌다. 『임혜신이 읽어주는 오늘의 미국 현대시』에 이은 번역시 연재가 다시 책 한 권 분량이 되었으나 국내 출판이 안 되고 있어 안타까운 마음이었다. 위 글은 2019년 『문학에스프리』 봄호에 실은 것에서 현재 상황과 아주 달라진 부분은 뺐고, 문맥을 가다듬는 차원에서 일부 자구를 수정했다. 아래는 특히 코로나19 사태를 겪고 있는 임혜신의 근황이다.

　　— COVID-19으로 지난 3월에 캐리온 하나 들고 집에 온 후로 학교로 돌아가지 못하고 있는 시인이자 싱어송라이터인 딸과 함께 산다. 딸은 러커스 문예창작 대학원을 다니며 같은 대학에서 영작을 강의하고 있다. 이번 학기도 모든 게 온라인이다. 놀랍

고 반갑게도 나는 딸에게서 딸이 가르치는 학생들이 모두 COVID-19 이전보다 배움과 토론에 더 진지하며, 강의 시간을 15분 넘겨도 줌 카메라를 끄는 학생이 없다는 말을 듣는다. 미국 학생들은 강의가 끝나지 않아도 종이 치면 백팩을 들고 그냥 나가는 애들이 있다. 그게 문제가 되지도 않는다. 때가 되면 보스 눈치 안 보고 퇴근하는 기성문화와 같다. 그들이 하찮은 'English 101 클래스'에 집중한다는 것은 생을 진지하게 받아들 인다는 증거라 생각되었다. 그래서 나는 우리에게 이렇게 험한 지구를 물려받은 젊은이들을 더욱 믿게 되었다. 딸은 한국의 송도에서 미국친구들과 함께 나눈 이야기를 「송도」라는 시로 썼고, 그것이 올해(2020) 여름 『플레아디아스』라는 문학지에 게재되었다.

— COVID-19로 모든 것이 참 많이 바뀌었다. 한 달 가량은 모든 비즈니스가 문을 닫았으나 미 정부의 재난보조를 받은 내 사무실은 쉬지 않았다. 정부와 시민 사이에서 일해야 하는 직업 인 까닭이다. 생과 사의 가름을 개의치 않고 사회는 다시 거리두 기를 조건으로 오픈했다. 하지만 식당은 물론 자주 가던 동네 스 타벅스도 지난 8개월 동안 한 번도 가지 못했다. 내가 늘 앉아서 읽거나 쓰던 소위 '나의 자리'가 그립다. 마스크를 쓰고 일하고 마스크를 쓰고 장에 간다. 전에 안 보던 로컬 뉴스를 자세히 보면

시인은 지구에서 어떻게 숨 쉬는가

서 자본주의의 마지막 스테이지라는 이 시대를 살아가고 있다. 모두가 예상한, 그러나 대비하지 못한 재난의 시대에 다만 모두가 부디 무사하기를 빈다. 힘들지만 그저 또 하나의 시절이 아니겠는가. 삶이 다만 체험이라면, 무엇이 더 낫고 무엇이 더 못한가. 그 와중에 이제, 나 자신과 시의 관계는 그 어느 때보다 훨씬 자유롭고 친밀해지고 깊어간다. 나는 그 무엇에서 도망칠 필요가 없는 나이에 이르렀다. 그냥 시와 같이 살 것이다. 그것에 나의 영혼의 이야기를 풀어놓을 것이다. 미쳐도 보았고 아주 멀리도 가 보았던 시에게 '나마스테' 하고 인사한다. 다시 한 번 모두가 COVID-19로부터 안전하길 빌면서.

무늬와 바탕이 서로 빈빈해야 아름답다고
들었다 그 빈빈이 좋아서 그 빈빈의 빛그물로
누워 떠내려가고 싶었다

— 최정례, 「빛그물」에서

최정례 1955년 생으로 경기도 화성에서 태어나 초등학교 때 천안, 서울 영등포 등을 거치며 성장했다. 이화여고 시절 문예반 활동을 하다가 고려대 국문과에 입학했지만 오래도록 문학을 멀리하고 살았다. 광고회사 카피라이터, 국어교사 생활을 했다. 1990년 『현대시학』으로 등단. 첫 시집 『내 귓속 장대나무 숲』(1994) 에 이어 『햇빛 속에 호랑이』(1998)를 내고나서 대학원 입학, 이후 『백석시의 근 대성 연구』로 박사학위를 받았다. 『붉은 밭』, 『레바논 감정』, 『캥거루는 캥거루 고 나는 나인데』, 『개천은 용의 홈 타운』, 『빛그물』 등의 시집을 이어냈다. 국가 의 지원으로 2006년 아이오와 국제창작프로그램, 2009년 버클리 대학, 2016 년 스웨덴 스톡홀름 등에서 공부하고 체험했다. 제임스 테이트(James Tate, 1943~2015)의 14시집인 산문시집 『흰 당나귀들의 도시로 돌아가다(Return to the City of White Donkeys)』를 번역 발간했다. 김달진문학상, 이수문학상, 백석문학 상, 오장환문학상, 미당문학상 등 수상.

빛과 그림자가 물 위에 짠 빛그물
— 위기의 시대에 최정례와 소통하다

1. 소외된 자리로부터

최정례는 1990년대 등단 시인을 만날 기획을 하면서 맨 먼저 떠올린 시인. 다만 많은 조명을 받아온 터라 뭔가 더 '낯선' 말로 청해야겠다고 미뤄왔는데, 그 사이 발표 지면이 모호해진 데다 예기치 않게 코로나19 상황까지! 그래도 빼놓을 수 없다 싶어 연락을 취하는 과정에 뜻밖의 소식을 접했다. '림프종' 진단을 받고 무균실 병동에서 투병중이라는 것. 조심스럽게 '카톡'을 넣으니 "퇴원을 앞두고 있고, 신간 시집 출간을 앞두고 있다"는 답이 왔다. "4개월 간 면역억제제와 항암제로 치료를 받았고 다행히 경과가 좋아 호전되었고, 퇴원을 앞두고 있다"는 최정례와의 인터뷰는 그렇게 시작되었다.

최정례는 1990년 늦은 나이(만 35세)에 등단한 뒤 4년 주기로 낸 두 시집『내 귓속의 장대나무 숲』(1994),『햇빛 속에 호랑이』(1998)가 모두 괜찮은 '시선(詩選)'에 들기는 했는데, 대개 10년 가까이는 주목되는 위치에 닿지 못했다. 시인은 누구나 자기 시가 덜 조명되고 있다고 여길 테지만, 21세기 들어 최정례에 대한 평가를 고려하면 의외라 할 만도 하다. 당시 최정례 스스로도 이를 의식한 듯, 둘째 시집 '자서'에 "어떻게 소외될 줄 뻔히 알면서 또 시집을 묶는다 때때로 한 착란의 순간을 만날 수 있게 해준 시에게 감사한다 그러나 길고긴 소외의 시간을 견디라고 강요하는 이 세계와 시에게 증오를 표한다"라고 썼다. 뒷날 농을 섞어 "첫 시집을 내면 세상이 바뀔 거라는 허황된 상상과 달리 아무런 일도 일어나지 않다"('자술')라고 했다.

그렇듯 소외된 여러 이유가 있을 것이다. 한 평론가(문혜원)의 말을 빌리면 최정례의 시는 "생의 모든 흔적과 상처들을 애써 감추고 아무것도 아닌 표정을 만들어" 보였다. 그 '아무것도 아닌 표정'을 일부러 만든다는 것이 실은 예사롭지 않은 건데, 문제는 그게 고도의 위장술이라는 사실을 날로 권력화되는 선입견으로 한껏 좁아진 문학판의 안목으로 읽어내기는 쉽지 않았던 것으로 짐작된다. 이를테면 최정례는 '별이 내 살을 바늘로 콕콕 찌르는구나'(「별을 보면 통증이」)라고 탄식하고, 뜬금없이 '꽝꽝나무한테 엄마라고, 여보라고 불러달라고'(「밥 먹었으냐고」) 하소연하고, "냄새가 자신을 빠져나와/ 한참 동안 제 몸을 들여다보고 있다"(「냄새」) 하고 눙치는 식이다. 별도 있고 나무도 있고 사색도 하지만 '서정적'인 건 기대할 수도 없겠고, 화장기 하나 없이 사는 일상의 표정이며, 제법 아팠을 옛 체험조차 혼잣말처럼 하거나 아니면 남 얘기하듯 내뱉는 듯한 어투도 낯설지 않았나 싶다. 대체로 '그래서 무얼 어쩌자는 거지?' 하는 반응이었을 법한데, 그런 반응에서부터 '아, 그렇게 말하는 방법도 있네요!' 하는 호응으로 변하는 데 시간이 꽤 걸렸다고 할 수 있겠다. 최정례는 점차 이렇게 이해되고 있었던 것.

특이하게도 최정례의 시에서는 개인적 상처와 불행의 기억들이 해체나 극복의 대상이 되기보다는, 천연덕스러운 위트와 아이러니한 시선 비틀기를 통해 일정한 거리 두기의 대상으로 반복·변주되는 경향을 보여왔다. 그러므로 상처와 불행의 기억들은 전적으로 1인칭의 것이라기보다는 3인칭적인 것을 포함하는 것이기도 하다. 이러한 태도가 즉각적으로 야기하는 효과는 무엇보다도 감상의 유출을 차단함으로써 그 기억을 탈낭만화한다는 사실일 것이다. 그의 시들에서 불행의 기억은 휘발되는 냉소와 유머러스한 말놀이로 나타나곤 한다. 〔……〕 그의 시를 개인적 생의 경험을 근거로 하면서도 주체의 경험을 주관화하는 경향의 전통적 서정시라고만 하기도 어렵고, 그렇다고 사물의 존재론적 정황 그 자체에 몰두하는 모더니즘 경향의 시라고만 말하기도 어려운 까닭이 여기에 있다. 우리 시단에서 최정례의 스타일이 차지하는 독특한 자리도 여기에 있다고 해야 할 것이다.
— 함돈균,「이제 그의 시계는 오른쪽으로 돈다」에서

'감상의 유출을 차단해 기억을 탈낭만화하다'! 이런 멋진 말은 위 비평가의 자질에서 오는 것이기는 하지만 실은 최정례의 시 덕분일 터. 어떻든 21세기 들면서 최정례의 시는 '1인칭과 3인칭의 지위'를 넘나들면서 추억과 일상이 난립하는 '불균질 언어'로 독자들의 기대인식의 방위를 흔들어 삶의 치유를 향한 희박한 가능성을 여는 '아이러니 어법'을 빛내 왔다.

2. 시적 자유가 찾아낸 형상

최정례의 초기 시에는 유년시절부터 현재의 시간에 이르기까지 살아온 삶의 이력이 펼쳐져 있다. 그 펼쳐짐은 인과적 고리도 없고 기승전결도 없는 거친 서술 같다가도 어느새 행으로 연으로 분절되기도 하고 나아가 이미지화되기도 하는 시적 실험이 되기도 했다. 그 시절 삶의 배경이 되는 공간이나 장소가 지명으로 또렷이 명기된 것도 한 특징이라 할 수 있다. 그 돌올한 지명 하나가 '병점(餠店)'이다.

근년의 최정례

병점엔 조그만 기차역 있다 검은 자갈돌 밟고 철도원 아버지 걸어
오신다 철길가에 맨드라미 맨드라미 있었다 어디서 얼룩 수탉 울었
다 병점엔 떡집 있었다 우리 어머니 날 배고 입덧 심할 때 병점 떡집
서 떡 한 점 떼어먹었다 머리에 인 콩 한 자루 내려놓고 또 한 점 떼
어먹었다 내 살은 병점 떡 한 점이다 병점은 내 살점이다 병점 철길
가에 맨드라미는 나다 내 언니다 내 동생이다 새마을 특급 열차가 지
나갈 때 꾀죄죄한 맨드라미 깜짝 놀라 자빠졌다 지금 병점엔 떡집 없
다 우리 언니는 죽었고 水原, 烏山, 正南으로 가는 길은 여기서 헤어
져 끝없이 갔다

빛과 그림자가 물 위에 짠 빛그물 — 위기의 시대에 최정례와 소통하다

병점은 한자로 떡 병(餅), 가게 점(店)을 쓰는데, 이즈음에는 수원에서 천안 방면으로 두 번에 닿는 국철역 이름이기도 하다. 예로부터 한양과 충청, 경상, 전라를 잇는 길목이었다 하니 장사꾼도 많았을 것이고 당연히 먹고 자고 쉴 곳이 필요한 장소로서 떡 파는 집도 여럿 있었으리라 짐작된다. 과거 급제한 이몽룡이 암행어사로 춘향을 만나러 가다가 머물러 떡을 먹었다더라, 정조 임금이 사도세자를 지키는 병사들을 위해 떡을 사다준 곳이었다 더라 하는 식의 '미확인 전설'도 있는 걸 보니 적어도 '떡전거리' 정도는 형성되어 있었을 게 틀림없다.

— 부모님 두 분 다 경기 화성의 정남면 사람으로 아버지는 문학리, 어머니는 신리에서 나고 자랐다. 병점은 수원, 오산, 정남으로 가는 길목의 정거장으로 정남을 들고날 때면 반드시 병점을 거쳤다. 정남면이 우리 가족의 뿌리이기는 하지만 살기는 철도원 아버지를 따라 주로 영등포역 부근에 살았다. 병점역에서 내려 자갈돌 밟고 몇 걸음 걸어 내려가면 버스정류장이 있었다. 수로 위 콘크리트 물막이 벽 위에 짐보따리를 올려놓고 하루에 서너 번밖에 안 오는 버스를 기다리곤 했다. 수로 속을 들여다보면 송사리가 바글거렸다. 버스 안에서 만나는 사람들은 대부분 부모님의 동창들, 이웃들이었다. 어쩌다 버스를 놓친 날은 친구들의 자전거 뒷자리에 오르거나 이십릿길을 혼자 걸었다.

양쪽 길가에 늘어선 구불거리던 소나무들과 가을의 누런 벼들, 코스모스길, 방학이면 가서 물레방아 놀이하던 시냇가, 물방개 잡아 고무신에 넣던 것, 거기서 하던 빨래, 여름이면 대청마루에서 모기장을 치고 자던 일, 한밤중에 외양간에서 울리던 워낭소리, 원두막에서 먹던 참외……

최정례의 이런 생생한 추억이 시를 통하면 시간 순서나 체험의 연속성이 무시되는 '알레고리 공간'으로 옮겨 앉게 된다. 유년의 추억과 '떡 하나 주면 안 잡아 먹지' 하는 호랑이 설화가 뒤섞이고, 겪은 체험과 들은 이야기가 뒤섞이고 실제와 상상이 뒤섞이는 그런 세계. 병점을 떠나 영등포, 연신내, 미아리 등 삶의 무대가 된 곳들에서의 일상의 체험이 시공을 넘고 인과를 넘은 서사와 이미지로 재구성되는 세계. 이렇게 뒤섞인 세계가 최정례의 의식이자 삶을 드러내는 방법론으로 굳어져 독자에게 새롭게 다가가는 과정은 결코 간단하지 않았으리.

— 문학을 하겠다고 국문과에 입학했으나 실은 4년 내내 문학을 피해 다녔다. '소설기술론' 강의 때 정한숙 교수는 "너는 소설 쓰면 안 되겠다" 하셨고, 조금 흥미가 있던 영문과의 '영미 희곡론' 강의 때 여석기 교수에게는 형편없는 학점을 받았다. 시를 쓰겠다는 같은 과 친구들은 언제나 술에 절어 살았다. '고대문학회'에 몇 번 갔지만 그들과도 잘 어울리지 못했다. 문학이 두려웠

빛과 그림자가 물 위에 짠 빛그물 — 위기의 시대에 최정례와 소통하다

고 문학을 하면 내 인생을 망칠 것이라는 이상한 생각으로 '문학을 하지 않겠다'는 결론을 얻고 졸업했다.

— 졸업하고 광고회사에서 카피라이터를 2년간 했다. 일은 재미있었으나 계속되는 야근, 밤늦은 퇴근이 싫었다. 국어교사로 직업을 바꾸었다. 그동안 결혼을 했고 아이 둘을 낳았다. 남편이 몸이 아팠고 생활은 고단했다. 둘째아이를 낳고 병원에서 퇴원해 돌아오는 길인데 멀리 동국대 근처에서 데모 군중의 소리가 들렸고 최루탄이 꾀꼬리처럼 날았다. 봄날이었다. 눈물이 났다. 문학을 멀리하면 행복할 줄 알았는데 전혀 그렇지 않았다. 교무실 옆자리에 앉은 동료 교사의 남편이 시인이라고 했다. 깜짝 놀랐다. 내가 알고 있는 시인들 서정주, 김수영, 김춘수, 유치환 등 교과서에서만 본 시인들 말고도 일반 사람들도 시를 쓸 수 있다는 게 작은 충격이었다. 시집을 사서 하나하나 정독하기 시작했다. 수업이 비는 시간엔 늘 양호실로 숨어들어가 시집을 읽었다.

— 서울예대에서 방학 중 교사들을 위한 시 워크숍이 있다는 걸 알게 되었다. 시 3편을 써냈고 방학 동안 참여하게 되었다. 거기서 오규원 시인을 만났다. 오 선생님의 한마디 한마디는 지금까지 내가 알고 있던 시에 관한 생각을 완전히 깨부수는 것이었다. 1987년 무렵, 시에 매달리기 시작했다. 그러나 등단이라는

시인은 지구에서 어떻게 숨 쉬는가

것은 쉽지 않았다. 신춘문예에는 번번이 떨어졌다. 민음사, 『현대문학』 등에 눈 밝은 지인들이 있었지만 내 시는 그분들 눈에도 크게 잡히지 않는 듯했다. 우여곡절 끝에 1990년 『현대시학』으로 등단하게 되었다.

— 등단하면서도 시가 뭔지 모르는 혼돈상태였다. 첫 시집은 그나마 이르게 민음사 출간이 결정됐는데 약속된 해설이 미뤄지면서 발간은 2년 뒤였다. 그 2년간 계속 시를 고치고 고치면서 시집 후반부부터 앞으로 무엇을 어떻게 써야 할지 어렴풋이 윤곽이 잡히는 것 같았다. 나 자신이 무엇인지 정확하게 인식하지 못한 채 써놓은 것을 보면서 거꾸로 나 자신을 파악하는 경험도 되었다. 해설은 결국 황현산 선생님이 써주셨다. 그 뒤 늦게 대학원에 입학해서(1999년) 황현산 선생의 불문학 강의를 들으며 '막혀 있던 감정이 홍수처럼 넘쳐흐르는 시적 자유'를 느꼈다.

최정례가 얻은 '시적 자유'란 어떤 것일까. 그것은 어쩌면 '유리창에 실체를 알 수 없이 어른거리는 것들'(「窓」), 신의 내부에서 '알아듣지 못했거나 알고도 못 본 척했던 많은 반짝임들'(「지독한 후회」), '나무 뒤에 서는 나 뒤에 서는 짐승'(「그 나무 뒤」)에서처럼 항상 곁에 있으되 잘 모르고 있던 그것들을 그 자체로 말해버리는 그런 것을 의미하지 않았을까. 어떻든 최정례의 시는 그 이후

버클리 대학에서의 시 낭송 행사

정말 달라졌으며, 달라진 만큼 더욱 자유로워진 게 아닌가.

　　용은 날개가 없지만 난다. 개천은 용의 홈타운이고, 개천이 용에게 무슨 짓을 하는지는 모르지만 날개도 없이 날게 하는 힘은 개천에 있다. 개천은 뿌리치고 가버린 용이 섭섭하다? 사무치게 그립다? 에이, 개천은 아무 생각이 없어, 개천은 그냥 그 자리에서 뒤척이고 있을 뿐이야.

　　　　　　　　　　　　　　　　　　　　　—「개천은 용의 홈타운」에서

　　한때 연애를 하고
　　배꽃처럼 웃었기 때문에

　　　　　　　　　　　　　　　　　　시인은 지구에서 어떻게 숨 쉬는가

더듬거리는

늙은 여자가 되었다

무너지는 지팡이가 되어

손을 덜덜덜 떨기 때문에

그녀는 한때 소녀였다

—「늙은 여자」에서

이제는 세속의 욕망을 좇는 가벼운 언어('개천에서 용 난다')들을 예사롭게 시의 화법으로 옮겨놓는거나 '늙은 현재'와 그 속에 내재하는 '어린 과거' 사이의 시공의 격차를 예고 없이 넘나드는 이런 방식도 '최정례표'의 일부에 불과하다는 것을 우리는 알고 있다.

3. 관념이 아닌 사물 그 자체로서의 시

여의치 않은 상황에서의 인터뷰라 그동안 써온 '인터뷰평론'을 보내면서 여러 가지 질문을 보냈다. 성장배경이나 특히 1990년 대라는 시기에 대한 질문은 당연했고, 특유의 '일상 말하기'에 대한 시적 태도가 어디서 어떻게 연유된 것인지도 듣고 싶었다. 투병 중에 거친 문장으로 답을 주었으나 그만큼 생생하기도 했다. 어떤 부분은 다른 지면에 스스로 드러낸 내용을 참조해 주기를 원했다. 2015년 미당문학상을 수상하면서 자술한 연보와 평론가 조재룡과의 대담(이 글에서는 각각 '자술'과 '대담'이라는 말로 출처를 밝혔다), 그리고 1990년대를 시가 '공습한 시대'라 명명한 시인이자 평론가인 이수명의 평론집 『공습의 시대』 등에서 최정례가 못 다한 의미 있는 말을 더 찾아냈다.

이수명은 『공습의 시대』의 머리에서 1990년대 시를 흥미롭게 설명하고 있다. 1980년대 문학은 '리얼리즘 이념'을 축으로 '매우 거대하고 강고하게, 1960년대 이후 거의 30여 년 동안 건설되고 유지된 집'인데, 1990년대는 이에 대해 각자의 방식으로 공습을 감행한 '고독한 쟁투의 시대'라 했다. 여기서 중요한 것은 그로부터 21세기가 '동시적이자 동서(同棲)적 활력'을 가지게 되었으나 그 시절 각 시인들이 겪은 고독이 아주 강렬했다는 사실이다. 1990년대에 기꺼이 그 고독을 감수한 시인들은 그 당시 "특이하게 여겨지기는 해도 외면되거나 적절한 평가를 받지 못한 경우가 대부분"이었으며 지금 와서 달라졌다 해도 그것에 대한 평가는 여전히 저평가된 그대로라, "1990년대 시는 아직도(2016년 현재에도) 고독한 싸움을 치르고 있는 중"이라는 것이다. 이중 최정례 시(첫 시집 『내 귓속의 장대나무 숲』, 1994)를 '미시적 시각의 전면화'라는 말로 특징지으면서 '미지의 점들이 이미지화되면서도 추상을 붕괴하는 세계'를 설명해 낸다.

시인은 지구에서 어떻게 숨 쉬는가

그의 점들은 1990년대가 1980년대의 지배적인 선이 되지 않도록 흩어져 있다. 하지만 그의 시를 들여다보고 있으면, 이렇게 그 자체로만 존재하는 점들이 매번 눈부신 공습을 하는 듯이 보인다. 어떠한 형상도 지으려 하지 않는 그의 무심한 콜라주가 우리를 사로잡는 이유이다.

'그 자체로만 존재하는 점들로 매번 눈부신 공습'을 해오는 시. 최정례 스스로의 말로는 '마음속에 파도와 같은 것을 차오르는 이미지로 내보이거나 자연스런 이야기를 통해 풀어낸 형태', '기승전결의 강압에 속박되지 않고' '음악적 리듬, 운문의 행갈이, 운문성이 강한 어휘 같은 것에 휘둘리지 않고도' '낯설고도 상이한 배치를 통한 새로운 구성', '달아나거나 열어놓는 결말'('대담')을 지향해온 것이라 하겠다. 조재룡은 이에 대해 "구석을 누비고 현실로 파고드는 사이, 아직 발화되지 않았던 숱한 경험들이 역치(易置)와 반어(反語), 아이러니와 페이소스로 무장한 이야기의 실타래에서 줄줄 풀려나" 나와서 "적적할 틈이 없다"고 했다. 여기서 나타나는 선연한 특징 몇 가지는 이렇다. 우선 일상이라는 소재가 시를 압도한다는 것, 그리고 그것은 필연적으로 운문 양식의 운율이나 여백 같은 것과는 거리가 멀어진다는 것. 이런 점은 서로 다른 계보인 듯하면서도 알게 모르게 서정의 감각이라는 면에서는 공동 결탁해온 한국시의 전통으로부터는 크게

빛과 그림자가 물 위에 짠 빛그물 — 위기의 시대에 최정례와 소통하다

결별할 수도 있다는 것.

2020년 9월, 10월, 11월, 최정례의 병이 나아지는 듯하다가 다시 어려운 관문을 통과해야 하는 상황이 되었다. 애써 답변을 보내오면서 부족한 부분을 '대담' 등에서 채우면 좋겠다고 전해왔다. 아래의 말들은 대개 '대담'과 겹치는 내용이다.

— 절차탁마를 구실로 한 글자 한 글자 새기고 깎아나가다가 일상용어와 멀어져가는 말들, 비문을 감수하면서까지 구절을 일부러 비튼다거나, 의미를 애써 등지고 쓰여지는 시를 나는 잘 읽어내지 못한다. 우리는 사실, 시를 운율적 요소를 중심으로 읽어오지 않았다. 오히려 의미를 중심으로 읽어왔다고 해야 할 것 같다. 우리 시에서 말의 자연스런 의미의 흐름을 저버리고 시가 제 힘을 발휘하기는 쉽지 않다는 것이 시에 대한 나의 기본적인 입장이다. 그래서 나는 다듬지 않은 거친 단어들로 문장과 문장이 이어진다 할지라도, 의미를 뚜렷이 드러내고 그 흐름에 자신을 내맡길 수 있는 시를 선호하는 편이다. 그렇다고 해서 단순한 이야기가 곧 시가 된다는 말은 아니다. 행간이 머금고 있는 무언가를 포착해야 한다는 기존의 방식에서 벗어나, 정황과 정황 사이에 공동의 지대를 마련해 놓고, 거기에 이야기를 풀어 놓으면 어떨까 하는 생각을 해봤다. 그렇게 빙빙 돌면서 전혀 상관이 없을 것 같은 다른 시간의 이야기, 다른 장소의 이야기들을 끌고나가

다 보면 어느새 전달하기 어려웠던 심정이나 나 자신도 모르고 있던 생각의 핵심에 가닿게 되는 경우를 만나기도 했다.

  ― 우리 시는 자연을 이상화하고 신격화하는 경향이 있다. 이와 같은 관습은 대다수의 시를 상투적으로 만드는 데 결정적인 역할을 한다고 생각한다. 자연은 사실 아무런 생각이 없는데, 시인들이 자연에게 과도하게 자기감정을 부여하는 것이다. 자연을 객관화하기는커녕, 자연을 주관적으로 해석하여 지배하려고 한다. 나는 이런 경향에 크고 작은 불만이 있었다. 대상을 어떻게 바라봐야 하는가, 주체와 관련되어 대상은 과연 무엇인가, 이것이 우리 한국시가 고민해야 할 중요한 문제라고 생각해 왔다. 예를 들어, 시를 '관념이 아닌 사물 그 자체로' 바라봐야 한다고 주장한 월리스 스티븐스(Wallace Stevens)의 '사물과 자연을 향하는 시선'은 내게 시사하는 바가 컸다. 앞서 시가 자연을 등지고 일상으로 뛰어든다고 말했는데, 나는 그럼에도 그것이 커다란 시적 모험이라는 생각은 별도로 하지 않았고, 그냥 썼을 뿐이다. 다만 맨 처음 산문시를 쓰기 시작했을 때, 이렇게 써도 시가 될까 하는 두려움은 갖고 있었다.

  ― 우디 앨런의 영화를 좋아한다. 우디 앨런은 이상하게 미친 사람이다. 그의 영화를 보면 우선 황당함과 말도 안 되는 우연이

우리의 일상을 지배하고 있다는 생각을 품게 된다. 「매치 포인트」라는 영화를 잊을 수가 없다. 우리 인생은 인과응보의 소산이 아니다. 이 영화에서 우디 앨런은 우연한 것들이 운명을 좌우한다는 메시지를 우리에게 건넨다. 테니스공이 어디로 떨어지는가에 따라, 즉 공이 네트를 건드리는 찰나, 공은 이쪽에 떨어질 수도 있고 저쪽으로 떨어질 수도 있다. 내 편이 될 수도 있고 저쪽 편이 될 수도 있다. 이것들이 우리 운명을 좌우하고 일상을 지배한다. 우디 앨런은 우리의 운명이 이런 방식으로 결정된다는 사실을 우스꽝스럽게 보여준다. 일상은 지루하지만 평면적인 것은 아니다. 일상은 그 안에 우연을 잔뜩 머금고 있다. 일상이야말로 예기치 못한 경험으로써 시의 힘을 발휘하게 하는 발판인 것이다.

― 나는 원래 관념적인 용어들로 이루어진 글을 이해하지 못하는 인간인 것 같다. 관념어로 채워진 철학책들을 읽어내지 못하며, 좋아하지도 않는다. 그러니 자연스레, 구체적인 예를 통해 삶 전반을 이해하는 것이 나에게는 훨씬 쉬운 일이다. 시도 마찬가지다. 내 몸 가까이에 있는 일상에서 소재를 찾을 수밖에 없다. 매일 매일의 삶, 일상이라는 것이 거창한 이념이나 철학보다 훨씬 더 중요하다고 생각한다. 거리의 구석구석에 붙어 있는 플래카드를 볼 때마다, 실천하지도 못할, 더구나 실현이 불가능한 말

시인은 지구에서 어떻게 숨 쉬는가

들이 우리 일상을 가득 채우고 있다는 생각에 벌컥 화가 날 때가 있다. 일상이 중요하다는 사실을 잊고 있기 때문에 이런 현상이 자주 목격되는 것은 아닐까. 이런 구체적인 예들로 이루어진 시가 자연스레 산문시라는 형식을 낳게 한 것 같다.

최정례는 2006년 아이오와 국제창작프로그램, 2009년 버클리 대학, 2016년 스웨덴 스톡홀름 등에서 창작 실험도 하고 타국 시인들과 교류도 했다. 이 과정에서 영시 번역에 관심을 두고 2011년부터 번역을 시도했다. 아이오와 때 만난 제임스 테이트 (James Tate, 1943~2015)가 14시집으로 낸 산문시집 『흰 당나귀들의 도시로 돌아가다(Return to the City of White Donkeys)』를 번역해 출간한 것이 2019년 6월이다. 병중의 최정례는 '유모와 해학이 넘치고, 미국인의 일상을 들려주는 쉬운 문장이면서도 엉뚱한 이야기들로 점철된' 이 산문시를 다시 보면서 '산문으로 된 이야기 속에 시적인 것들을 어떻게 밀어 넣을 수 있을까'를 거듭 고민했단다. 2020년 11월 깊은 병이 이어지는 중에 시집 『빛그물』을 냈다. 그중 표제작인 「빛그물」이 눈에 들어온다. "두마리 수사슴이 싸우다 한 마리가 죽는 장면을 보았다 승리한 사슴은 자기 뿔에 엉켜 매달린 죽은 사슴의 뿔에서 벗어나려고 벗어나려고 머리를 휘두르고 있었다 사자 한마리가 멀찍이 그 몸부림을 지켜보고 있었고"로 시작되는 이 산문시는

그늘과 빛이, 나뭇가지와 사슴의 관이 흔들리면서, 빛과 그림자가
　물 위에 빛그물을 짜면서 흐르고 있었다

로 한 매듭을 짓고 있다. 눈앞에 파멸이 와 있는데 서로 목숨 걸
고 싸우며 승리하려는 데 골몰하다 엉켜버린 사슴의 뿔들이란 다
름 아닌 지금 우리가 사는 세태, 나아가 인류사를 이어오면서 줄
곧 보여온 인간사회의 어리석음에 대한 비유임을 말할 것도 없
다. 시인이 꿈꾸는 세계는 그 사슴의 관이 그것의 배경이 되는 자
연과 어우러지는 세계라는 것. 최정례는 아예 자신이 시를 통해
하려는 말을 이 시의 두 번째 장에 주석처럼 풀어놓았다.

　　바탕이 무늬를 이기면 야하고 무늬가 바탕을 이기면 간사하다고
　기억하고 있었다 〔……〕 무늬와 바탕이 서로 빈빈해야 아름답다고
　들었다 그 빈빈이 좋아서 그 빈빈의 빛그물로 누워 떠내려가고 싶었
　다

　빈빈(彬彬)이라는 말은 꾸민 말과 밝히려는 뜻이 서로 알맞은
모양새로 자리한 것을 뜻한다. 그걸 다시에 시의 비유에서 찾아
내면 곧 '사슴의 관 끼리, 물을 건너가는 사슴의 관과 나뭇가지
가 빛과 그림자가 어우러지는 모양' 즉 '빛그물'이 된다. '빛그
물'은 그러니까 최정례 시가 보여주고 싶은 궁극의 세계다. 하지

　　　　　　　　　시인은 지구에서 어떻게 숨 쉬는가

만 오해는 금물이다. 그곳은 또한 닿지 못할 세계다. 『빛그물』의
'시인의 말'에 따르면 그곳은 도리어 "더운 골짜기와 얼음 골짜
기의 물이 만나 하나의 강물이 되어 흐를 때 어느 물 한방울"이
그 원천인가를 증명할지를 깨우치는 과정 자체 때문에 가능한 세
계다. 최정례는 여전히 '모순과 아이러니'로써 빛을 발하고 있는
것이다.

*

아파트 창에 널린
햇살에 적나라한 솜이불

애국도 매국도 아닌
태극기도 일장기도 성조기도 아닌
목화솜 이불인지 폴리에스터 요깔개인지
이념도 아니고 사상도 아닌
우리의 생활

이미 비난받은
우리의 내부인 것 같은

내장을 꺼내

뒤집어놓은 것처럼

입 꾹 다문 일 가구의

내면을 햇살에 내어 말리고 있는

작은 창 가난한 방의

두툼한 저 무념무상

―「창에 널린 이불」 전문

　시를 설명하기 위해서는 되도록 전문을 인용하는 것이 좋다. 그런데 최정례 시는 인용하기 쉽지 않다. 대체로 긴 데다 또 어느 한 대목만으로 설명하기 어려워 여러 편의 전문을 두루 인용해야 하기 때문이다.「창에 널린 이불」은 최정례 시에서 일상이라는 것의 의미, 거친 어투 같은 면모를 느끼게 해주는 빼어난 시인데 어쩌면 서사와 이미지의 병합 같은 기법이나 시치미 떼거나 눙치는 어법 등의 최정례 시 특유의 감각을 생각하면 도리어 기승전결의 완결성이 느껴지는 시라고 할 수 있다. 많은 시를 소개하지 못하는 아쉬움을 위 시 한 편으로 달랜다.

　병상의 최정례에게 코로나19 사태를 겪으면서 느낀 점을 물었다. "환자들에게 코로나는 지독한 고통의 시간이다. 입원할 때마다 검사를 받아야 했고 가족들과 면회도 금지 당했다. 여러 제약으로도 고통스럽다. 개인의 자유를 잃는 상황에서 그래도 어떻게든 자신의 시간을 찾아 채우고 또 그 속에서 성찰을 시간을 찾아내야겠다."고 답해 왔다. 이 원고에 쓰인 사실 정보 확인차 연락을 했을 때는 투병의 강도가 세진 상태라는 답이 왔다. 완쾌한 최정례에게 이 책을 보낼 수 있기를 기원한다.

박덕규 문학인터뷰

시인은 지구에서 어떻게 숨 쉬는가

1쇄 발행일 | 2021년 01월 15일

지은이 | 박덕규
펴낸이 | 정화숙
펴낸곳 | 개미

출판등록 | 제313 – 2001 – 61호 1992. 2. 18
주소 | (04175) 서울시 마포구 마포대로 12, B-103호(마포동, 한신빌딩)
전화 | (02)704 – 2546
팩스 | (02)714 – 2365
E-mail | lily12140@hanmail.net

값 15,000원

*이 도서는 한국출판문화산업진흥원의 '2020년 출판콘텐츠 창작 지원사업'의
 일환으로 국민체육진흥기금을 지원받아 제작되었습니다.